中国经济体制改革研究会产业委员会“文化强国”课题小组系列丛书

时间与空间的交响
——金柏松诗集

金柏松　著

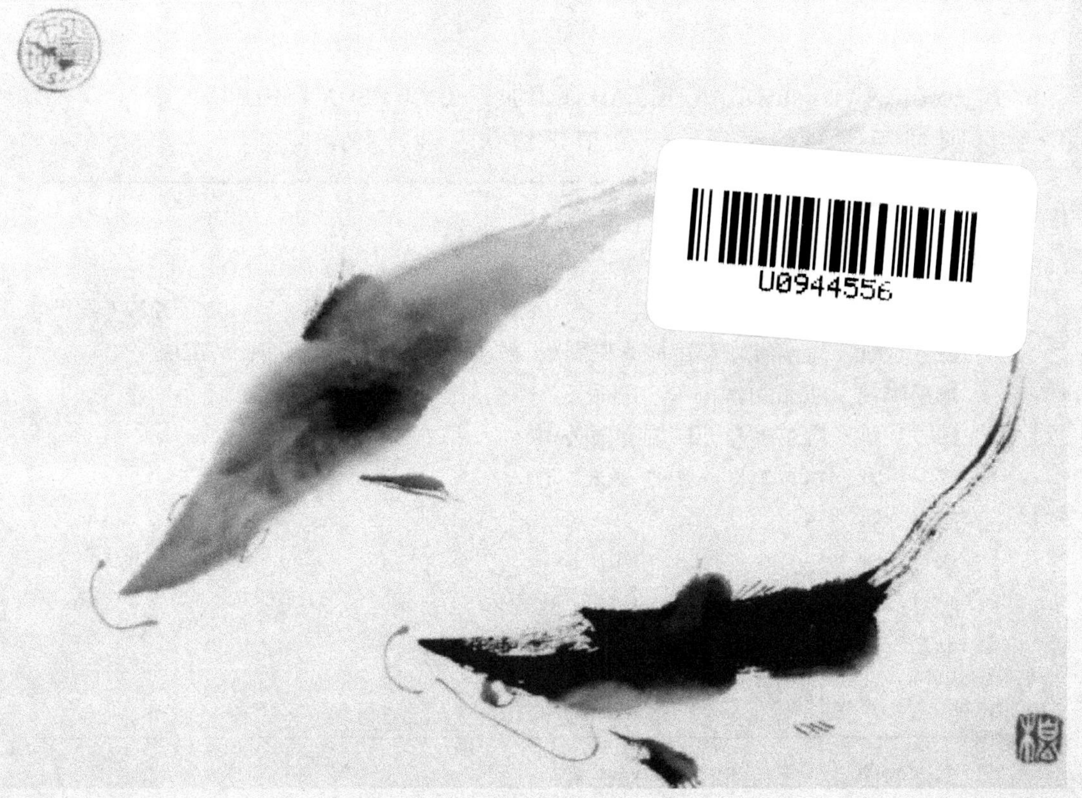

南海出版公司
2020·海口

图书在版编目（CIP）数据

时间与空间的交响：金柏松诗集 / 金柏松著 . —
海口：南海出版公司，2020.12
ISBN 978-7-5442-7033-5

Ⅰ . ①时… Ⅱ . ①金… Ⅲ . ①诗集－中国－当代
Ⅳ . ① I227

中国版本图书馆 CIP 数据核字（2019）第 197888 号

SHIJIAN YU KONGJIAN DE JIAOXIANG——JIN BAISONG SHIJI
时间与空间的交响——金柏松诗集

作　　者　金柏松
责任编辑　蔡丽玉
出版发行　南海出版公司　电话：（0898）66568508（出版）　65350227（发行）
社　　址　海南省海口市海秀中路 51 号星华大厦五楼　邮编：570206
电子邮箱　nhpublishing @ 163.com
印　　刷　广东虎彩云印刷有限公司
开　　本　787 毫米 ×1092 毫米　1/16
印　　张　18
字　　数　200 千
版　　次　2020 年 12 月第 1 版　2020 年 12 月第 1 次印刷
书　　号　ISBN 978-7-5442-7033-5
定　　价　180.00 元

他 序

金柏松先生是上海市美学学会的会员，我与他最早是在上海市美学学会的活动中相识的。那还是蒋冰海先生担任会长的时候，回想起来已经是二十多年前的事了。那时学会经济很困难，蒋冰海先生以他特有的社会活动能力，使学会的活动得到承办活动的企事业单位的资助。作为补偿或答谢，学会的书画家现场泼墨挥毫，给人家留下许多字画作品。金柏松先生就是其中屡作奉献的画家之一。我曾多次看到他现场作过以鱼为题材的水墨画。不过，他的画作当时并未引起我特别的注意，很长时间我们并无太多的交往。

一晃好多年过去了。从蒋冰海会长，到朱立元会长，再到我，学会的负责人换了三任；从呼叫机留言，到手机短信，再到手机微信，人们的联系方式升级换代。两年前学会换届之后，建立了会员微信群，于是我与金柏松成了微信好友。在这个共享平台中，我不仅时常看到金柏松的画，而且经常读到他的诗。说来有趣，以画为业的金柏松最先引起我注意的不是他的画，而是他的诗——他的《重温白桦林》，他的《桥与河的合作》，他的《水与时间的对话》，他的《我在春天里播种》，等等。渐渐地，读他的诗，成为我的一种喜好，甚至是一种期待。我因此加了他的微信，我们成为微信好友，这样我就可以读到他未在学会群里发而发在朋友圈中的诗行。每次看到他的诗，我都要停留下来，把它看完。看完了，我感动不已，总要送上一个赞，不是为了情面，而是发自内心。有时还自觉当上了宣传员，把他的诗转发到自己的朋友圈，让更多的人分享这种感动。

仔细想想，我为什么喜欢金柏松的诗呢？大约可归纳为三点吧。

一是他的诗我看得懂，他在诗中传递的意蕴能在我这儿引起共鸣。金柏松先生长我十多岁。我们这拨人从小在现实主义艺术的熏陶中长大，养成了现实主义的创作和欣赏习惯。金柏松的诗是写实的，他要表达什么，尽管旨冥象中，但读者不难领会。不像一些现代诗，不知它要告诉你什么。不过，金柏松的写实不是平平常常、司空见惯的写实，而是在别人司空见惯的地方发现引人入胜的一个侧面，道他人之所未道，揭示了对自然与人生的独特感受与体悟，以一种出人意表的情愫或哲思感染你、唤醒你、打动你、征服你，刷新并提升你对自然与人生的认知与体验。

二是他的诗创造了奇特动人的意象，营造出水乳交融的意境。金柏松诗歌吟咏的题材主要分为两类，一是自然界山川风物，二是历史文化名人。不管哪一类，他都能以独到的视角，以小藏大，由浅入深，以实涵虚，化情语为景语，营造出奇妙多姿、层次递进的意象，从而很好地完成了思想感受的形象传达或审美表达。

三是锦上添花的后期制作。金柏松的诗写得好，身边一些好友成为他的粉丝，他们主动为他的诗配图、配乐并朗诵，将其诗制作成声、像、文结合的立体的艺术品在微信平台发布，起到了很好的传播效果。

有感于此，2018 年适逢中国改革开放 40 周年，学会于 11 月举行的年会设会员文艺联欢环节，我邀请金柏松以 40 年的沧桑巨变为主题，写一首长诗在联欢会上朗诵。几经打磨，他终于写出了《外滩早晨六点的钟声》。经上海视觉艺术学院田奇蕊教授与上海师范大学高荣祥教授的精彩对诵，再由艺诺艺术新媒体的拍摄发布及全国多家知名新媒体的同步推送，这首诗广泛流传，获得了巨大的社会反响。新华社记者闻讯后，专门就这首诗的诞生过程采访了金柏松、田奇蕊和我。

身为画家的金柏松同时还是一位诗人。自20世纪80年代起，他就开始发表诗作。他习惯用诗人的眼光感受现实、剪裁现实、再造现实，一生写过几百首诗，这些诗作在各类文学大赛中荣获金奖或一等奖，累计十八次之多。为了能集中欣赏他的诗，享受他的诗带来的愉悦，我一再鼓动他出版诗集。他终于被我说动，对过去的诗作加以挑选整理，并在我的牵线搭桥和武汉三仓出版策划有限公司的全力合作下，出版了这部图文并茂、诗画相生的诗集。

因为诗的关系走近了金柏松。到过上海罗泾的闻道园，看过那里收藏的金柏松先生众多的绘画作品，对他的了解日益加深。金柏松先生用画家的眼光写诗，诗中有画；用诗人的感受作画，画中有诗。骨子里，他是一位杰出的画家。他毕业于原浙江美术学院附中和北京电影学院美术系，既画油画、水粉画，也画国画。早年以电影《南征北战》海报家喻户晓，以油画《我的老师和我的孩子》名声大噪。油画作品《聂耳》《冼星海》曾被上海市历史博物馆收藏；《大鱼天地》油画系列作品曾被中国鱼文化博物馆收藏。曾荣获第八届、第九届、第十届海内外中国书画精品展金奖。多次举办个人画展，并赴美国、法国和中国香港等国家和地区参加书画联展。

金柏松的诗与我有关，他的画也与我有交集。2018年上海人民出版社出版了我的《中国美学全史》，其中第五卷《现当代美学》封面的插图用的就是他的一幅静物花卉油画。2018 年 10 月，他参加上海市美学学会、上海市哲学学会、上海市古代文学学会、上海市作家协会为《中国美学全史》举行的研讨恳谈会，以一幅阴阳相生的国画双鱼图《大鱼天地》相贺，给我们的君子之交增添了不同寻常的情谊。

金柏松姓金。是金子，处处闪光。金柏松的才艺是多方面的。在画家、诗人之外，他还填写过歌词，写过散文和剧本，研究过电影理论，发表过影视评论。当然，由于一个人的时间、精力有限，他主要以绘画为主业，以写诗为副业。

现在这副业的产品汇聚在这里，留白处点缀着他的画作，读者可以一同品赏。

相信你会与我一样，收获一份特别的感动。

这份感动很高贵。

上海市美学学会会长

祁志祥

2019 年 5 月于上海苏州河畔

自　序

运动员的最高境界
是年复一年的拼搏，
那一刻，
他站在了世界冠军的领奖台上。

画家的最高境界
是把自己画架上的画作，
高高地，
挂在民族文艺复兴的长廊里。

诗人的最高境界
是把自己稿子上的诗句，
从今以后，
刻在读者的心壁上。

目 录

兰亭叹

故乡蓝天下，
有个地方叫兰亭。
一千六百多年前，
有个叫王羲之的书法家，
领着四十一位贤士先达仰望这片蓝天，
猛然一声惊叹，
叹声里滚出黑色的神秘符号一串，
化作《兰亭序》全篇，
惊艳成祖祖辈辈的无限疑团。

年少轻狂的我，
捧着这神圣的符号——《兰亭序》，
决意冲出天际，去破解黑色符号的密码。
却不知，天的那边依然是天边，
天边也只是天的起点，
天边，天边，无穷无边，
天外有天， 像无数个同心圆，
那密码谜团，更像是无法逾越的青天，

多少英雄豪杰都拜倒在这团神秘的符号前，

疲惫，疲惫，拖着满身的疲惫，
我站在故乡的蓝天下，
仰起暮年白发苍苍的头，
不禁一声长叹，
叩问故乡苍天。
天空传来一声闷雷，
雷声里传来一个老者的愠怒声：
“笨蛋！别找啦!! 文人一叹震千古 !!!
哈，哈，哈哈哈哈”

本书绘画插图均为金柏松美术作品

《盛开的鲜花》油画系列

桥与河的合作

桥，
为抗击河的横流，
截断了河的骄傲，
一步跨过河去，
留下桥洞，
让河从胯下过。

河，
视而不见，
胸怀大志，
直奔大海，

河真要发怒，
大水会淹没桥面，
冲垮桥身。
再坚实的桥，
又怎会是河的对手？
志在高远的河，

怎会与桥随意翻脸？

好在桥能留桥洞的余地，
让河水滔滔不绝地直奔前方。

一年又一年，
河在桥洞下
以永远的低调，
哺育着
桥上来来往往的生命。

《荷塘情趣》油画系列

大 地

谁都把她踩在脚下，
心中真的没有她?
谁又有本事离开她?

不是你要将她踩在脚下，
而是她永远将你高高托起;
不是你心中没有她，
而是你心中根本装不下她!

但你真的没有本事离开她，
因为她的名字叫大地，
你只是
 她身上的一点尘一粒沙。

在故乡最高的山冈上

在故乡最高的山冈上，
我童年时曾多次远望。
我的心，
早已飞向那远方。

在故乡最高的山冈上，
年迈的老母亲拄着拐杖，
把这块地牢记心上，
似乎在寻觅什么宝藏。
这里没有落英缤纷，
这里没有鸟语花香，
只有黄土包着石坑，
每年蒿草轮回青黄。

她在寻找自己的归宿，
她用自己有限的力气，
她用自己内心的智慧，
选定了这个地方。

母亲，
不讲风水，不讲排场，
不立墓碑，不立牌坊。
她选了这里，
离天最近，离村最远，
可以望见远方。
她选择了孤伶伶地
永远寂寞地躺在
这故乡最高的山冈上。

从她选定这个地方的那日起，
她只有一个愿望，
她要每天都望见远方，
那里是她儿子生活的地方。

《盛开的鲜花》油画系列

大师齐白石

你以为
他的神奇是
画出了一对对绝妙的虾？
不，
他的神奇是
不着一笔
却画出了
绝妙的水。
那水，
清澈见底。
何止是一潭水，
往上看，
是一片白茫茫的汪洋大海。
他用黑色的墨，
画出了世上
白色的疯狂。

你以为
他只画花鸟鱼虫吗?
不，他曾是个木匠，
他在二维的平面宣纸上，
画出了五维空间中
一生的自己。
似与不似像与不像，
似有非有似真似假，
一生都在他的
艺术海洋中游弋。

《大鱼天地》水墨画系列

水与时间的对话

水问：
时间，你在哪里？
为什么老躲着我？
时间回应：
我就在你身边，
老弟，
你视而不见，
我就在你的流动里面。
你上天入地，
江河横流，
奔腾到海，
我无时不伴随你。

水问：
你有形状吗？
时间说：
我像你一样无形，
我俩都在流动，

但你可以更改流向，
我却永远只能向前。
我的形状在钟表里，
在日月里，其实，
我流过世上所有事物，
他们都是我形状的替身。
就像你流过的所有地方，
就是你形状的再现。

水问：
你有香味吗？
时间答：
都说真水无香，
我与你一样，
无色无味。

水说：
我能变雾变云变雨变冰变水，
你能吗？
时间说：
我不能，
但你的变雾变云变雨变冰变水，
所有的变，
都有我在陪伴。

《大鱼天地》油画系列

荒 岛

苍海中，露出
一块遐荒之地，
叫荒岛。
一望无际的四周，
或是白浪滔天，
或是碧海连天。
荒岛寸草不生，
生命是
岛上的奇迹。

岛连着地，
地托着海，
岛是地的凸现，
海只是大地的一层皮。
或许，
海只是大地的一件衣。
岛只是海没有遮住的一小块地。

大海心中有数，
荒岛心中有数，
我是谁，我与谁也不争，
我自己心中有数。

岛，沉默，
它永远地屹立。
它在想什么？
你知道吗？
你看到的不一定是事实。

《大鱼天地》油画系列

卡通人之歌

一

踏着时间的隧道
身披五彩的金光
我们电闪雷鸣
我们变幻无穷
我们无孔不入
我们无坚不摧
我们点亮天上的星星
我们编排时间的程序
我们展示亿万年前地球的故事
我们上演亿万年后人类的文明
让我们创造幻想中的幻想
让我们创造奇迹中的奇迹
我们来自浩瀚的宇宙
我们是卡通人我们是卡通人
舞动你手中的神笔
我们就会从你的笔端飞出
舞动你的双手呼唤我们

我们就会来到你的身边
卡通人卡通人啊卡通人

二

踏着时间的隧道
身披五彩的金光
我们热情善良
我们勇敢公正
我们坦诚无畏
我们想象无极限
我们关爱的是地球
我们呵护的是人类
我们唤醒的每一个原子都是沉睡的精灵
我们和每一个精灵手拉手将梦想变成辉煌
让我们唱起梦想中的梦想
让我们创造辉煌中的辉煌
我们来自浩瀚的宇宙
我们是卡通人我们是卡通人
舞动你手中的神笔
我们就会从你的笔端飞出
举起你的双手呼唤我们
我们就会来到你的身边
卡通人卡通人啊卡通人

仰望历史的天空

——杭州岳飞墓前有感

“莫须有”
那是一场昨夜的雨
打落了大宋的江山
打湿了岳家军的铁甲
那只是一场昨夜的雨

今日岳飞墓前
苍松翠柏大道通天
文武百官肃立两边
石柱上镌刻着
“毁誉于今判伪真”
铁铸的秦桧夫妇
拖着墨黑的影子
长跪在岳飞墓前
熙熙攘攘的人群重温昨夜的旧梦
复制明日的希望

用岳飞墓的庄严
来洗去心中昨夜雨的阴霾

雨有停的时侯
冤有明的时侯
青山埋忠骨
人心归良魂

我到墓前细寻昨夜雨的影子
搜遍墓的四周
只在墓前大道边
找到三滴雨留下的痕迹
“莫”
“须”
“有”
啊！似曾相识

《大马》水墨画

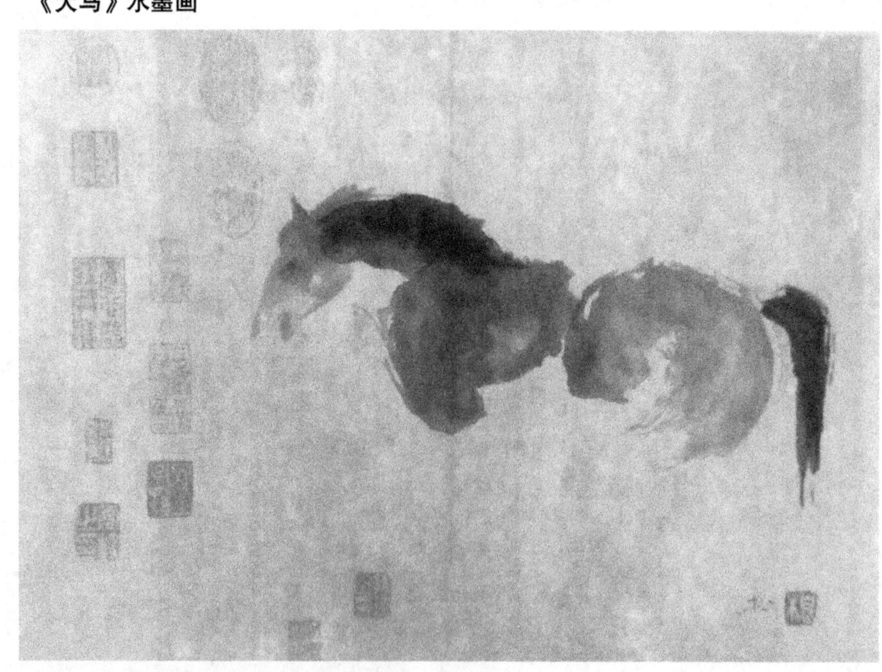

五月五日端午节

——端午颂

五月五日
一位诗人
唱着《离骚》
身穿长袍
从精神高地走来
迈着沉重的步伐
向着江中心走去
他是一国的大夫
他叩问苍天，苍天不语
此时，他的心已经冰凉
他要用万年的汨罗江水
洗去他心中的冤屈
证明他对祖国的忠心耿耿

五月五日那一天
汨罗江的江面
飘满了诗篇

还有诗人破碎的心

五月五日那天
华夏大地上
人们驾起龙舟
喊起号子
敲响锣鼓，扛上粽子和菖蒲
热血把大地染红
连从不发声的鱼儿也一起呐喊欢呼
用满腔的热情去温暖诗人的心
千万条龙舟啊，用最快的速度
去追赶诗人走向汨罗江时沉重的脚步

五月五日
是人们纪念屈原的日子
百姓将它定为端午节
有这样的诗人
才会有这样的每一寸热土
去捞一瓢江水吧
那凉凉感觉就是当年诗人心的温度
那清澈程度就是诗人水晶般的心灵

屈原啊，你不姓屈
你永不屈服的灵魂
让人们世世代代
用最快的龙舟追寻你的脚步
汨罗江水永远不会干枯
每年五月五日的龙舟永远不会停住

诗人啊，只因你是民族的魂啊
有你这样的诗人才有这些热土上的勇士

《荷塘情趣》油画系列

赏　花

世上有一种生命叫花，
无声无息中生长。
柔弱，轻盈，满山遍野，
艳丽，多姿，竞相争艳。
短促里体现了生命的全过程，
俏丽中展示了生命的一切能量。

自卫，在她的生命中几乎是零，
那无中生有就是一种生命挡不住的力量，
那美丽动人就是上天对她的厚爱，
那一夜春风就让她漫山遍野地开，
证明她是春的化身。
有谁能挡住春?
那还要什么自卫！！！

春天去看花，
你不也是一朵花吗?

乡情录

多年前，我常从这里走过
却从未如此深情地凝望过你
你只是路边的一石一砖
今天只因我远道而来，多年不见
每块石头都释放出了无限的信息
向我诉说起过去的情节

多年前，我常从这里走过
却从未体会到什么叫乡情
你只是一处普通的风景
今天只因我远道而来，多年不见
触景生情让我回到过去的情景

故乡的小道
那是时光隧道
左边是我晚年的风景
右边是我儿时的光阴
梦在头顶……

乡情
谁也挡不住她的诱惑
让人衣衫湿、泪沾巾
那是游子们日夜梦中情

《大鱼天地》油画系列

雪　花

只在春天里开的花，
怎么开到严冬里了？
只在大地上开的花，
怎么开到天空上去了？

雪花，
越是寒冷越尽情，
这是逆着花的规律。
洁白纯净，
洗尽世上一切污垢。

只是遮盖，
当天气回暖时，
所有的雪花都会融化，
所有的白色都会退去，
所有的颜色都会重新露出。
遮盖只是一时，
严寒却是永恒的力量。

《郊外》水彩画

雪的维度

把我笔端的雪，
挂到画框里。
把我画框里的雪，
挂在墙壁上。
这二维中的雪，
摄取了雪的魂，
五十年也不曾融化。

窗外的雪，
如一群舞动的雪姑娘，
在三维世界中翩翩起舞。
才一个夜晚，
尽管可爱灵动，
可太阳一升起，
便化作了一地的水。

雪，
墙壁上的二维；

雪，
窗外的三维。
二者能比高低？
用什么标准
把它们排列到
同一条起跑线？

《花的变奏》水彩画

新的速写本

漂亮的封面，
洁白的页面，
令人怦然心动，
上天又送来了一个礼物。

叫我不要犹豫，
不必发誓，不必构想，
不必去计较其中的细节，
不必担心成功和失败，
不必怕他人笑话你，
不必甚笃，一定要风花雪月。

我不知这本新的速写本上会画下什么，
画出哪一道风景，
画出哪一双眼睛。
没有灵感，没有苛求，
一切功利都如白纸一样空。
事后，笔尖自会在白纸上起舞，

舞出的浪漫，
随心洒下，
生命的力会在白纸上开满花。
生命本来就是无中生有的奇迹，
谁又能阻挡生命的出现？

美术片《西瓜炮》海报

小岛上的女孩

在海的那边有个小岛，
岛上有一个小女孩戴着太阳帽，
她向任何一只驶过的船招手，
送她回家是她唯一的要求。

她曾渴望沙滩、海水、阳光，
如今她戴上太阳帽，
想挡去所有多余的渴望，
她只渴望回到家。

一只小船从远方驶来，
她坐在小船上，
不时地回头看看那远去的小岛，
那里曾经是她年少的憧憬，
留恋，难忘，
但不是她可以久留的地方。

宽容心

能洗去心头一切的
不是哪一块肥皂
而是一颗无形无色
善良
博大的
宽容之心

《贺知章故居》油画

无 题

墙
把物主和世界
——隔离
窗
把隔离的和世界
——联系
没有墙
人类无法生活
没有窗
像是在坟墓或地狱里
啊，这世界
你中有我
我中有你

蜗　牛

蜗牛蜗牛
背着一生所有
缓缓行走
脚踏实地
永记平安即福

飞机、火车
都不羡慕
我只会缓缓行走
踏实安全
平和无争
追求心的自由
祝福他人
享受他人的享受

伟哉，大树

啊！大树
它是生命之王
大树，拔地而起
遮天蔽日
粗壮的树干
像擎天的巨柱
展示着生命的伟岸

啊！大树
它是生物之冠
世上还有哪一种生命
比大树还大
世上还有哪一种生命
比大树还长寿
和大树相比
大象都显得渺小
何况人

人们说生命在于运动
大树却坚守静默
四季里变换着不同华章
与四时同行，只在原地舞出不同的风

伟哉，大树
地下树根是它隐秘的另一个世界
它们
日日夜夜
无声无息
为大树顶天立地在暗地里使劲
离开了根的努力大树定一场空
树根是它无限生命的源泉
无论天灾人祸
只要树根活着
大树总会发出起死回生的神力
啊！伟哉，大树
它的精神力量又有谁能比高下

对诗人普希金决斗的感叹

一颗
能打死一只野兔的子弹，
却射杀了
一位伟大的诗人。
诗人啊，
你为什么这么倒霉？

人生
有千千万万的百分之一秒，
你偏要
在这颗子弹飞来的百分之一秒里，
对着那枪口。
你就不会
躲开这一生中最倒霉的百分之一秒吗？
让这颗子弹
去射杀一只野兔，
而不是去射杀一位伟大的诗人。

地球
有无限大的空间，
你偏要
站在这颗子弹飞来的雪地上，
你只需
稍微偏一下就躲过了那颗子弹。
世界那么大，
你偏要
守着那颗子弹飞过的土地。

一颗
只能射杀一只野兔的子弹，
值多少钱？
却换取一位伟大诗人的命，
悲哀啊！
那雪地上
流着殷红的血的诗人，
怎么可以和一只野兔一样地倒下，
一样地留在雪地上？！

王洛宾

他用歌声歌唱心中的女神
如美丽的红太阳
他用歌声歌唱草原
如无限美好的青春
他用歌声歌唱热恋中的自己
如草原上一只惬意的小羊
他用歌声歌唱那情人手中的皮鞭
如她的小手嬉打着这位痴情汉
浪漫情怀在草原上肆意狂放
那才是真情烈马奔腾咆哮的地方
一首情歌
从青春年少唱到白发苍苍
从遥远草原传到大城市
从最原始的民间小调
唱进奉若神明的精神殿堂
它是宝石
西部歌王王洛宾发现了它
放到哪里
哪里都会闪光

玩湖的人

现代人胆子大，
有太多好玩的办法。
山、湖、海
都敢玩着转。

我站在湖的岸边，
围着湖转。
望着茫茫对岸，
那边同样一群人，
围着湖，转着圈，
是我在玩湖，
还是湖在玩我？

我坐上船，
船行驶在湖上，
湖面倒映着我的船。
天在湖面，
船在天上，

茫茫湖中

我到底在何方？

《室内一角》油画

团 聚

我们都是 DNA，
一个偶然的机会，
汇聚成了
独一无二的人。

我们是亲情的候鸟，
天天盼着那一天的到来。
无论多难，也要把亲情找回；
无论多远，也要向着亲情飞翔。
犹如大雁回归，
与亲人团聚就是我们最大的心愿。
面对亲情，
我们会展露出
只有人类才有的笑。
为了那面对面的笑，
我们遗传了一代又一代。

我们都是 DNA，

亲情友情都一样可贵，
如同几片树叶同长在一条枝上，
如同几滴雨水同流进一条小河，
如同几片茶叶同泡在一个杯里。
我们聚在同一张桌子边，
用人类独有的笑脸，
传递着炽热的爱。
聚会，
我们会兴奋，大叫，
手舞足蹈，
张大了嘴，眯起了眼，
心跳飞快，连声音都会失真，
却不会被人误会。

我们不怕离别，
因为离别后的我们，
还是 DNA！

涂 鸦

乱七八糟
墙上一片涂鸦
只有颜料线条
嘈嘈杂杂小道
市井小民才可看到

画着白云大树江湖小鸟
放飞了画画人
不想为人称道
只管艺术无道
大厦离我很远
不想能飞多高
只想一声高叫

铜　镜

地下千年沉睡
一觉醒来
问秦始皇汉武西施
安在
想当初
斯人明镜前
面对面
多威武

拂去万年泥尘
光泽可人
风光仍在
那些英雄美人
在黄泉之下
一去不回
谁可将铜镜破译
将地下英雄美人
唤回

通向青藤书屋的小巷

——参拜明代大画家徐渭故居杂感

沿着长长的小巷，
不知道绕过了多少弯，
数着脚下磨光的青石板，
去寻觅我心仪已久的青藤书屋。
啊，古老的青藤书屋，
在那小巷的尽头。

走过了才觉得，
那小巷真像一条长长的藤。
巷子尽头，
紫藤花发出浓烈的香气，
那书屋与小巷同样简陋。
巷子的两边围起白色矮墙，
墙上挂满了不同形状的历朝历代的小木窗，
竖起不同形状历朝历代的木门框。
夜晚时，有几只灯笼的光在闪耀，

同一块黑色瓦片把两边白墙一路串起，
弯弯曲曲，
只有这小巷寿比南山。

几百年前，
一个从青藤书屋走过来的老人，
手提灯笼，
怀里抱着自己的画，
瘦矮身影投在每一块白墙上，
移过时活像皮影戏。
他从这条小巷里走过来又走过去，
几百年后的中华大地上，
很少有人敢说自己超越了青藤老人。
他画下的这条青藤，
成了后世人攀向天顶的天藤。
今天小巷依然那么寂静，
老人的画作却是永远让人记忆犹新。

小城小屋陋巷，
这老人哪来的力量？
小巷一头通到越王台下，
我在寻找龙的传人。

《徐渭故居》油画

淘金人

成吨成吨的沙子，
覆盖了大地千年，
仍然只是沙子。

自从有人
从沙堆里
发现了金子，
人们再看到沙子时，
沙子都变成了
藏有金子的沙子。

淘金人
没日没夜地淘金，
淘去小山一样的
沙子，
只淘到珍贵的
一点点金子。

不能怪沙子的无用，

不能怪沙堆的庞大，
不能怪金子的稀少，
只有这样，
才有了金子的珍贵。
淘金人用生命
和一生的艰辛，
扬起千千万万的沙子。

在他的手心里，
留下丁点儿的金子，
那是他的全部希望。
他不恨沙子，
因为千千万万沙中，
才有金子。

人生，就是沙里淘金，
无数的失败，
无数的无为，
无数的压抑，
无数的委屈、白眼，
终于淘来了，
丁点儿幸福的称心。
人生，在那无为的
成吨成吨的沙子里，
淘着你的金子。

太湖美

太湖美，
水卷万物，
天在水里，
水天一色。

天苍苍，
水茫茫，
灰蒙蒙的汪洋大海。
万物在何方？
世间七彩化作一抹灰，
简简单单地融天地。
再不许感叹何为美，
再不许追问我是谁，
太湖太古远。
人算什么？

湖心本无心，
以一湖水，

洗净心城，
随湖水，
心灵太空灵。

《大鱼天地》油画系列

它关心什么

鱼在水中游
它可以欣赏两岸风景
不，它只管水是否清
因为水中浸着它的心

燕子在天上飞
它不在乎自己能活到哪一天
它只管哪里能做窝
哪里能觅食

大树魁梧
它只关心阳光空气土壤水分
其余的它无能为力

生命只选择环境的一部分

水墨画

黑白两极的画，
简到底，
却千变万化。
两极，那不只是世间的头和脚吗？
穿越全部，
合成整体，
囊括起整个世界的真谛。
听风雷动，
有万物生。
谁有这么大的本事？
东方人，
一支毛笔。

《鲁迅故居百草园》油画

书 城

密密麻麻的字，
数不清的书，
垒起座座高墙，
让文明的生命，
在墙内孵化。

为了构建丰盈的内心，
每一本书
总有一个理由，
写出人心底的故事。
世上的故事真有那么多吗？
每一个故事，
都是关于心的故事。
所有的故事都出自心底，
讲过的故事，
都被别人从头讲起。
如果没有了心，
还会有故事吗？
如果没有了故事，

还会有书吗？
如果没有了书，
还会有文明的人吗？

《静物》水彩画

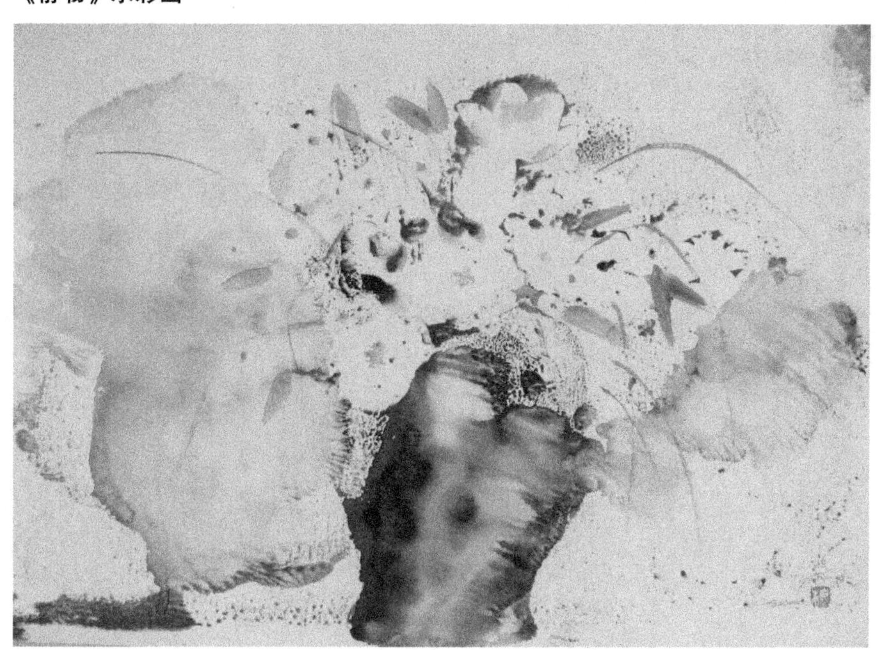

时间之窗

窗外时间飞过，
却没有人看见，
看见的，只有太阳滑过。

太阳可以
躲到水底，
但无人能躲过时间之网的追捕，
时间把一切都包裹。
那时间之外又是什么？

啊，时间之外还是时间，
时间和时间的代码不同。

时间有不一样的颜色，
时间有不一样的味道，
时间有不一样的温度，
时间有不一样的重量，
时间有不一样的速度。

时间有不一样的强度，
时间有长度，有弹性，有方向，有选择，
有审判的权威性。
时间里蕴含着人类所有的感觉，
还有感觉外的感觉……
于是，时间就有了不一样的代码，
不一样代码记述着万物的所有痕迹。

时间也有致命的缺陷，
那就是：在时间的字典里只有过去时，
时间不能倒流，人不能返老还童。
时间最吝啬，
不能借贷一秒钟。
时间的审判最无情，
叫你死亡立即灭亡。
时间也最慷慨，
春天来时万物复苏，
一个个物种蓬勃发展。

根据人类的经验，
万物之神是没有的。
你看见过、抓住过、收藏过时间吗？
只看到窗外太阳滑过。

石　窠

那天夜里
女娲突然用水泥和钢筋
造了个石林
千万幢大厦拔地而起
东海之滨，海风徐徐
在半空中，我找到个石窠
用画布和颜料哺育我延续的生命
一个个刚出壳的幼小生命
匍匐在墙上，在石壁上练习着飞翔的本领
黎明后的第一束阳光乘着海风
从石窠壁洞上射进
呼唤着这些幼小生命
某一天，石窠的门洞开了
它们争先恐后地
飞向东海
飞向蓝天
穿越世纪的曙光
脚下碧波万顷

它们自由飞翔
我的心随它们一起到远方

《大鱼天地》油画系列

诗人徐志摩

他挥一挥衣袖
悄悄地走了
不带走一片云彩
两袖间抖落
一个大师的美名

他挥一挥衣袖
悄悄地走了
不带走一片云彩
只在两片彩云间
留下一位诗人的背影

他挥一挥衣袖
悄悄地走了
不带走一片云彩
却把那副精巧时髦的眼镜
失落在了康桥边
镜片后面原是诗人的眼睛

透过镜片
望见了前方人间的一切诗情
但从未能望见自己的背影
有人捡起它
透过这诗人的镜片
依然能望见诗人远去背影的诗境

他挥一挥衣袖
悄悄地走了
不带走一片云彩
却留下一件他人生中最珍贵的东西
一台精工细作古朴典雅的
三十年代的留声机
他的那支自来水笔
装在了留声机唱头上
唱片是他的张张稿纸
笔尖做的唱针划动着他的诗篇
唱片里密密的纹路
一圈圈刻录着人性的密码
转盘中的铁心紧扣着唱片里人的心
长长短短的诗句半径
画出了一圈又一圈
密纹在笔尖的唱针下旋转
曼妙的歌声
从高高的花形喇叭中传出
有一张唱片叫陆小曼
有一张唱片叫林徽因
有一张唱片叫刘海粟

有一张唱片叫再别康桥

还有诗人你不同岁月里的各类行径
有对穷人弱者的怜悯
有对强权霸道的吼声
有对生命的赞美诗
有对大自然的永恒颂歌
上学，恋爱，结婚，交友，
直到你挥一挥衣袖
走向天际的彩云间

诗人挥一挥衣袖
悄悄地走了
但那老式的留声机还在悠悠地转动
高高的铜制的喇叭里
仍然传出你昔日的歌声
留声机还在转个不停
诗人早已不见踪影

《大唐遗梦》油画

诗人，请慢些走

——悼念诗人余光中

他留下一生的乡愁，
小时候，
长大后，
后来啊，
而现在，
时时在乡愁中。
那不尽的乡愁，
构建成他的生命。

他一生走在乡愁的路上，
记忆中的长江、黄河和中华文化
他最愁的还是家乡的人呀。

家乡人在他的《乡愁》诗中
读出他的背影，
看到诗人远远离去，
诗人呀，你就是家乡人的乡愁。

诗人，你慢些走，
家乡人永远记得你的乡愁。
但愿
天堂再无乡愁，
祝你一路走好。

《蓝色花瓶里的蓝花》油画

生命的层次落在了花上

因为美丽，
见过它的人
都在夸奖它。
有男人、女人，
有老人、青年人，
还有孩子们。

它长在山上，
长在路旁，
长在河边，
长在田地里，
长在盆里，
不论春夏秋冬，
不论长在何方，
因为它的美
所有的人都在欣赏。

看到它的还有飞禽走兽，

鸡鸭鱼鸟们，
牛羊虎狼们，
它们也觉得花好看吗？

大自然的奥秘，
生命的层次，
通过一朵花就被检测了出来。

刺刀、炮弹，
生命、文化，
都在检测着灵魂的层次。

《大鱼天地》水彩画

上帝在哪里？

上帝在哪里
在漆黑的夜里

无条件地
永远将路灯
高高地为你举起的人
仅次于上帝

山与泉

山与水，
一场对立、无形的战争。

山，
向上，
冲出地平线的包围。
泉，
向下，
远离天空，
绕过千山万壑。
泉，给了山上万物以滋润。
山，给了泉从天而降的天梯。
它们之间，
谁能说清楚是断还是连？

山岩里冒出的泉，
是它生生不息的誓言。

石缝里的泉水发出叮咚声，
唱出大山里最美的灵魂。

听山泉声，
多像佛音。

《故乡的回忆》水彩画

伞

你用你柔弱、轻盈的身躯
筑起城墙般的坚固
似一手遮天
挡住了狂风暴雨
不管天有多大
地有多宽
雨有多急
你的坚守
虽然只挡住了一小块天
却护住了我生命自由的前程
那是生命的保护神
你用柔弱的伞面
将狂风暴雨一刀切断
让伞下的人享受着幸福和温暖
如母爱留给人们无穷的回味
甜蜜的记忆
你用柔弱的伞面筑起城墙
保证城中生灵的安然无恙

入海口

小河仰望大海，
一路高唱赞歌。
一生的奔波，
汇聚起千百条小河，
终于惊喜地
望见了大海的辽阔。
大海永不枯竭，
小河从此告别了拥挤的峡谷，
融入了广阔的大海。

为此，
多少个日夜从未间断，
绕过多少山，
冲过多少滩。
有结冰的时候，
等着春天一定会到来；
有干涸的时候，
等着大雨倾盆。

选择了江河，
就是选择了日夜奔波。
河，一路高歌。
入海口
是河的圆满，
是一切的结束，
从此结束了河的生活，
从此河的长度被画上句号。

入海口
把大海与小河一刀切开，
河里奔流的只是日夜的流水，
河还是河，
海还是海，
大船不可能驶进
自鸣不凡的小河，
大船只在大海里航行。

《群鹿》水墨画

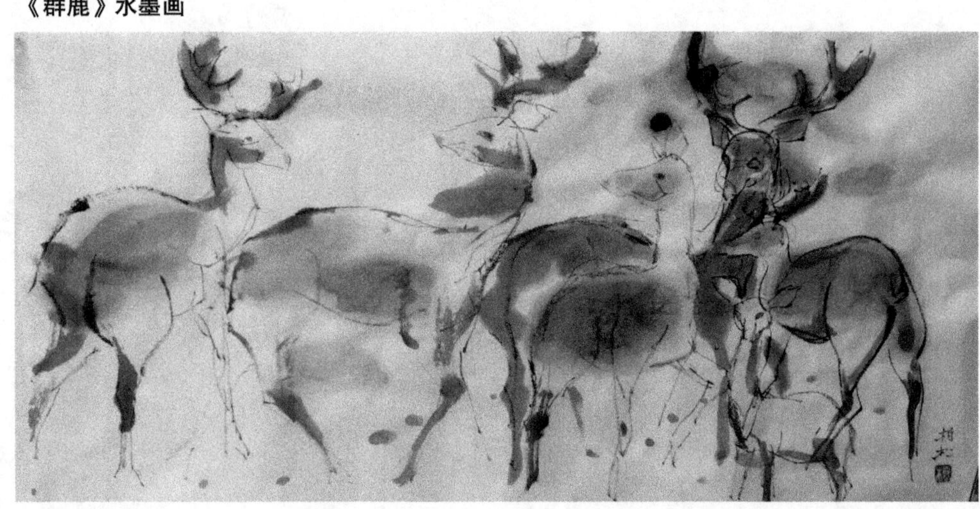

秋　荷

曾经走过
夏季的清风轻柔，
曾经有过
明媚下的尽情怒放，
引来世人
那么多艳羡的目光。
曾经在花开的季节里
把一切荣誉都写在脸上，
无数文人墨客
把三江的笔墨统统写光。

谁愿做永不结果的花？
哪里有永不凋谢的花？
哪里有永不轮回的盛夏？
秋来了，
走下舞台去，
卸下盛装，
听掌声不停，

已是足够的奖赏。
对未来，
不必悲叹，
让今日贴上凄凉。

《荷塘》油画

倾　听

心化作了语音，
融入空气里。
没有谁能看见，
只有另一颗心，
才能诠释空气中语言的魅力。

心化作了文字，
散落在白纸上。
不一定要耳朵才能听到心的声音，
只有另一颗心，
才能体会文字中心声的韵律。

能倾听另一颗心的声音，
说明你拥有一颗
健康宽容的心。

七夕岛的传说

天亮时我们一起去海边，
那里有沙滩海浪阳光，
还有大片的海鸥，
会搭起一座鹊桥，
直通七夕岛。

七夕岛上，
有最好的露天酒店，
有最香的咖啡，
有最酣醇的美酒，
茂林覆盖了每一颗贝壳，
阳光洒满了每一片叶面。
空气里弥漫着海的气息。
所有的人都在讨论
这七夕岛该怎么修建。

每一个人都可以举手发言，
明年他们要在七夕岛上

建起摩天大楼，
那是世上最高的人造花园。

天亮时我们一起去海边，
去听七夕岛的传说
和它的明年。

《大唐仕女》油画

细听年历里的声音

已是岁末，
翻过了所有的日子，
终于明白：
年历早已印好。

每天是红的还是绿的？
今年能翻多少页？
一页不多，
一页也不少，
翻过去的每一页，
再也不会回来。
每到这时刻，
只轻轻一撕，
看到的就是明天的颜色。
没有重复的日子，
没有重来的那页。

页页记录着这个世界，

有燕子的呢喃，
有百花的争妍，
有士人的骄傲，
有孩子的笑声。
每个人都在年历里
寻找自己留下的声音。
面对年历，人们好奇地问：
这声音是原先录进的，
还是今天刚录下的？
细听年历里的声音，
一定有每一个人的一言一行，
还有
那太阳、月亮和地球的约定。
你想偷听吗？

明年的年历，
早已印好，
你只管翻阅一页又一页，
是红是绿，
是前是后，
一分不多一秒不少，
只轻轻地一翻，
翻过了所有的烦恼，
岁月静好。
哦，每一页中都有你的一言一行，
每一页中都有你的声音。

闹市华灯

繁华闹市，
高楼如林，
万家灯火，
如夜空繁星，
将行人诱入梦境。

我真失败！
这么多大厦里的灯，
没有一盏是我家的；
这么多大厦里的房间，
没有一间是我家的。

回到家，
我打开家中所有灯光，
把家里统统照亮，
这里是我的家。
这里有我家的温馨，
这里有我的一切。

灯光照亮全家人的笑声，
笑声里有全家人的安康。
我简洁小家满屋通亮，
比所有大厦加起来的灯光
还要明亮！

远处，
大街上的过客，
望向我家的窗口，
看到
我家好像是满天繁星中的一颗，
在闪闪发光。

牧童短笛

老牛
短笛
牧童
一个村孩的竹筒
最简单的七个孔
吹出乡间的欢乐颂
抚摸着山冈村舍小路小河树丛
牛是否听懂
人是否赞叹
山是否有回声
都不重要
他用自己的方式
享受着一路的欢乐

木　剑

木棍
被锋利刀刃
修出一柄木剑
涂上银粉
寒光闪闪
主人将它挥舞在
蓝天绿地间
朝朝暮暮
舞着公孙大娘的神韵
剑锋七彩迸发
人剑天地共舞
木剑，木剑
有它
如有公孙大娘
舞剑
不在乎铁剑木剑
不在乎有多锋利
只看它是否有
剑魂

莫扎特

听到他的名字
立刻兴奋
他用旋律
展示人心中最美好的一面
他来这个世界
就是来传播音乐美的旋律
是人生庆典上的一场比赛
他把财富爱情青春名誉
统统都压到了那琴弦上
餐桌上最美味的佳肴
怎么能与他指尖下的音乐相提并论
只要他的旋律能拨动人们的心弦
他一切都心甘情愿

他是唯美的包装大师
最华丽的灯光
最辉煌的殿堂
最美丽的女神

最甘甜的美酒
最动人的爱情故事
最英勇的英雄
包括挫败或死亡
有了他华美的旋律包装
一切都会变得更加辉煌艳美、深刻难忘
最后
他和上天联手将自身包装
上天在他去世的那天晚上
下了整整一夜的雪
整个世界白茫茫
银装素裹
天际回荡着他自己刚写成的《安魂曲》
将他的人生作了最后的包装

《大鱼天地》油画系列

民国女孩

——张爱玲

在上海武定路最西头，离我家不远的地方，流传着一个民国女孩的故事，每走过这儿，都会想起她……

多年前有一个民国女孩
青涩的年华里
常在这条马路上朝去暮归
这里是她的外婆家
显赫家世也拦不住她家的支离破碎
她像一个被父母遗弃的孩子

如今我常在
这条离我家不远的马路上散步
时时会想起当年那个民国女孩
她一定没有我的悠闲
她一定没有我的淡定
她的人生还没有起步

她被朦胧云雾包围
她不会想到多年后有那么多人追随她
追随她写了那么多的故事
用图书和电影表现人性
她没有想到
她过马路时抬头望见的群星里
有一颗明亮闪烁的就是她自己
她没有想到
往后的人生
是那么奇异
从她走过这条马路时起
一定开始孕育着她的文采

其实是孤独的包围
她只有突围，背水一战的突围
模糊的人生中
她抓住了一支笔
她想不到
多年后世界许多地方
都留下了她的笔迹

凡经过这里的人
都会提起这里是
女作家张爱玲少年时住过的地方
是这幢房子
是这个门牌
有人会好奇地猜想
一个还没有出名的民国女孩

当她走过这条马路时
她在想什么
可惜当年没有像今日这样的街头监控
人们只在猜想中回忆那个民国女孩
她会背着书包匆匆走在街上
她会手捧着书本在字里行间寻找她的方位
她会偶尔带着她的风筝去玩耍
她会和一两个小伙伴嬉闹
在她的梦境里远处的炮声已隐隐传来
从海滩上飘来的朵朵白云散落下新思潮
对面楼上有一扇窗突然打开
有位仙女举起小号
吹出一段悠扬的乐曲
冲她神秘地一笑然后消失在窗台

民国女孩，一个奇才
她远没有想到
就算她才华最出众
也只是人类历史大潮中随意飘浮的一片小叶
她远没有想到
人们把她的一生
原原本本地洒在这条马路上
有她的可喜，还有她的悲哀

一个民国女孩
靠一支笔，从这里开始突围
成了文坛大师
这里是她人生的摇篮

人们走过这里时
没有理由不回头多看它一回

《故乡的回忆》油画系列

梦境人生

一夜间，
春梦三千，
一觉醒来是秋天。

夜长长，
日暮短，
总有烦事绕心间。
甜梦慌梦，每个片断都是卡通残片。

梦境人生，
人啊人，
不就是
被一束光操作的人。

没有盐的日子

人类是什么时候
发现了盐？
人类是什么时候
食用了盐？
难道原始人不吃盐吗？

盐在遥远的大海里，
又是谁把它
千里迢迢地运过来？
只有辛苦的人才知道。

在没有盐的日子，
人一定无法生存。

盐，不是美味，
但它会让食物变成美味，
没有它的时候，
千万种食品无味，

连同吃它的人
也失去了人的本真。

《故乡的江南夜色》油画

落　叶

它们一起从树枝上冒出来，
它们一起长成绿叶，
把树林染成一片绿色的云彩。
它们一起在微风中齐声吟唱，
如一首绿色交响曲，
赞美世界。
它们一起慢慢变黄，
变成了一片片金叶。
它们同一时间飞向大地，
如千百万孪生兄弟，
排成雄壮的队伍，
前赴后继，
多么壮观地汇集在一起。

是什么力量让它们如此步调一致？
同一种生命的力，
走过同一条生命的轨迹。
最后的日子里，

它们又汇聚在一起。
好奇者问：你们要去哪里?
叶子们答：不要问我们到哪里去，
明年春风里，
我们将又回到这里。

《故乡的回忆》油画系列

流　星

一颗小星星
在浩渺太空里
亿万年的等待
化作一秒钟的瞬间
画出一条发亮的弧线
来无踪去无影
从此消失在宇宙间
一秒钟的华丽辉煌
是唯一的显现
一秒钟的光亮里
包起了记忆的永生
华丽是那么的脆弱
辉煌是那么的短暂
但那就是我们的宇宙
一切事物共有的节奏
是那律动
推动着世间万物
流星

美得让人难忘
难忘她美丽的一秒钟
对她存在过的亿万年
人们却只找到记忆中的黑漆漆的夜

《故乡的回忆》油画系列

留声机

留声机，
是仙或是妖？
能把声音装进盒子里。
那声音，
怪异无比。
时光轴，
在声音的回荡中，
席卷起现时的我和你。

留声机，
唱片在方盒子上匀速转起，
唱头在圆碟上缓缓起伏，
如少女在轻轻地呼吸，
发出迷人的声息。
那里面有小人吗？

留声机，
没有留下古代人的声音，

一定是因为距离遥远，
声音传不到它的耳朵里。

留声机，
只能留下它能听见的声音，
把真的假的都一起留下来。

《盛开的鲜花》油画系列

林黛玉

一部《红楼梦》
千言万语说不尽
梦中情人林黛玉
她是林中花、情中人
从土中来
向蓝天去
定要远离污浊
命运却偏让她
最早沦落成泥，化作土
她在树枝上高高飘过
阳光雨露沾满了枝头
春光如画
却不知
大地上有一股清风
此时此刻将从这树林中吹来
清风拉着她的手
一路欢庆
一路共舞

清风里
宝二爷薛姑娘紫娟
在大观园里翩翩起舞
宴有散时舞有尽时
她再也回不到过去
享尽了欢乐，定会回到寂寞
她葬花
对着自画像唱出对繁华的留恋
她哭着怨着
为她命运的不公
为什么风要与她背道而驰
为什么好花不能长开
世人叹息
这可要问问高高的密林

就算你才华出众
花容月貌
也只是
大自然中的一片叶一株草
还有那看不见的隐形世界的背后
清风吹过
她却只能等待下一阵清风
这都是命中注定
清风吹过
远处林中，曹雪芹为林妹妹在低声轻诉

荔波行

流云风声起
你想去看青山
请到荔波去
你想去看天路
请到荔波来

山如
绿叶重叠
路如
彩带飞舞
车窗外掠过一幅幅画面
像是动画片
车轮踏着彩云
鸟声追着车轮
车在山洞白云间

摘一朵白云装进行囊

那是我的心

有幽谷风声

《盛开的鲜花》油画系列

框 画

框，框起一块画布上的芳华
那里框出一个新的世界
从此她被框进一个仙境
永不萎谢

框将她绑在永恒的时间轴上
百年千年万古流长
她永远吐着芬芳
平等待人是她品格的力量
无论何人来到她面前
她永远微笑
恬然大方
无论人们怎样评论她的成败
她永远坚定淡定自得
活在她自己的世界

她绝不会因别人的意向
改变自己的信仰
无声中，讲着自己的主张
信仰美
即是她万年不枯的深深的海洋

《风景》水彩画

可惜美丽有时限

花海盛开
观花人
人山人海

一夜风雨来
满地落花流水
残枝败叶
飞鸟啾啾哭花悲
花何尝不想常开不败
人何尝不想长生不老
赏花只赏那一会
时不再来
欲看花似海
待到明年来

可惜美丽有时限
不待

看书的女人

只有你一个人在静静地读吗?
只有你一双眼在细细地浏览吗?
你只听到书中主人翁的独白吗?
你在猜想书中主人翁的命运吗?

你坐在长长的沙发上,
明媚的阳光透过窗纱照在你的身上,
你用洁净的手,
轻轻地抚摸着一本喜爱的书。
一个字一个字地读着
一页页地翻着,
生怕惊动故事里的主人翁。
那是你的幸福,唯一的遗憾是:
你看到了他们,他们却没有看到你。

你多么想让他们也能见到你,
因为你正孕育着一个宝宝,
挺着大肚子,

那是两个人在看书。
你正在写另一部书，
肚子里的孩子命运如何，
就是你最关心的。
你肚中的宝宝，
是一本你正在创作的好书。

《穿越夏天》水彩画

看海

我去看大海，
站在小岛上，
看不见大海，
只见天地间茫茫一片。

我问小岛：大海在哪里？
小岛说：大海在我的四周。
我去问渔船：大海在哪里？
渔船说：大海在我的船底下。
我去问海鸥：大海在哪里？
海鸥说：大海在我的翅膀下。
但我还是看不见大海。

我只能问苍天，
苍天说大海太大了，
连苍天都融进了海里。

江南古塔

题记：不久前我在上海郊外与一座高大古塔不期而遇，于是写下了当初的感受，也许这也是你站在古塔下的感受……

古塔矗立
与太阳相伴
与野云共舞
鸟鸣声中带着仙气
从一个窗口飞到另一个窗口
塔：
雄伟孤傲
独立坚定
一层又一层
是一套又一套的八角形小屋
齐声喊着：向上，向上，向上
严严实实地叠向天顶
直刺青天云层
震撼来自与众不同的声音
莫非是连接着天穹绝境

高风吹过
八角飞檐下的小铜铃
秦砖汉瓦奏出的古音悦耳动听
古人在梁柱上雕刻出时代踪影

古塔伟岸庄严，
矗立在天地间
俯瞰着大地上发生的世事
泥土依然如故但已翻了又翻
树林依然茂盛但生命是那么短暂
如士兵在那里立正、跪下、卧倒不停
村子的屋宇如裂变中的土地
也曾烽火四起喊声震天
只有古塔在巍然而立

古塔永远记着自己是大地的一部分
坚实的砖瓦即是当年脚下的泥土
根根梁柱就是当年脚下的树木
它是大地伸向天空的一只手
祖先们希望它与天公手拉手

一条木梯
旋转中将每套小屋串起
不偏不倚
在春夏秋冬里
在千年时序里
造塔人早已成了历史
而塔从来都巍然淡定

好像记了约定
是哪来的力量让后人敬畏
来自四面八方的后人
从点点的斑痕中
寻访着古人的经历
楼梯上先人的脚步声
将你我震醒

它是佛的境界
它舍弃一切功利
它冲破滚滚红尘
它穿越花花世界
时间越长越能证明它的超然
它拒绝了平凡
指向纯洁平静高尚自然伟岸
世人仰望塔身
塔身仰望青天
青天融进了世人的灵魂
那即是古塔的全部精神
啊，天啊
有谁能不被震醒

回望少年与春天

草绿了，
花开了，
燕子飞回了，
我们相约在春天。

你如一束春光，
射进我家旧堂。
梁上有你的老巢，
每年春天来临的时侯，
我总在这老巢下翘首企盼。
我们相约在春天。

这里也是我的老巢，
秋天时我将离开故乡，
远离我的老巢。
明年春来时，
不知谁在老巢下张望，
在期望谁的回归？

我们还会相约在春天吗？

《故乡的回忆》油画系列

化妆盒

打开魔盒，
飞出彩霞，
开出红花，
有百灵鸟的歌声，
让青春飞翔。
有人有尊严，
有梦呓、幻想，
有丑小鸭、灰姑娘。
让六宫粉黛无颜色，
让年迈老妇回春光。
镜子里的她和镜子外的她，
真假难辨。

化妆盒，
没有它的时候，
灵魂无处躲藏。
那么多秘密武器，
全是为了武装。

有与时间的挑战，
有与生命的抗争。
这战场，
有时会叫男人走开，
枪炮声响起，
在另一个化妆盒旁。

《塘湾湾的风景》油画

壶、杯、茶

壶，一位多情帅哥
杯，一位贤淑靓妹
友情，阴阳交会
茶是他们唱出的情歌

茶水
细细地流
流出一生的幸福
收起了剑拔弩张
马放南山
品茶
满杯，是心的释放
半杯，是友情的意蕴
只一口
润透了全身
耳边喧嚣已离十万八千

这一刻

恍若我的永生

沉浸，沉浸

《水乡》水墨画

荷的联想

圣洁的荷花
是水和污泥的孩子
却没有遗传一点他们的基因

是我们的逻辑出了差错
大自然不会按我们想的出牌
大自然有她自己的庞大和神秘

《大鱼天地》水墨画系列

折叠的时间

达利的名画里
将时间折叠起
从荒唐而非荒唐里探寻人世的是非
是谁说时间之矢没有转弯的权利

你可曾见过时间
你看见的
只是表针的走动
日月的升落
人的生死
树的成长
河流
如风过，如香飘，如电流
假如历史被人忘记
时间一定被折叠起

优胜劣汰
时间选择了基本的法则
不是所有的都会被看到

不是所有的都会被记忆
不是所有的历史都能被演绎
许多事将永远被时间折叠

《雨巷深处》油画

覆盖的力量

有一种颜色能覆盖
整个世界
一夜间把世界漂白，
褪去天下所有的色彩，
还世界一片白茫茫。

有种生活能覆盖
人的心灵
一夜间颠覆了人生，
覆盖了心里所有的灰色，
忘却了所有的不幸。

只要还有黎明，
就会有这种声音
从天边飞过。
只要还有傍晚，

就会有彩霞

从天边飘来。

只要还有日出，

就会有各种色彩

轮番覆盖你的世界。

没有覆盖世界还会存在吗？

《静物》油画

佛　珠

线串起
一颗颗圆珠，
全是
昨天今天明天，
全是
有无相生，
善恶有报，
生命轮回，
命中注定……

那是宇宙，
那是世界，
那是万事，
人在珠子上，
多么渺小。
当佛珠转动时，
转动起

人的命运。

撬动命运的圆珠
与你的手，
与你的眼，
与你的心，
与你每一句心语，
紧紧相连。

你转动了佛珠，
佛珠转动了你的命运。

《大鱼天地》油画系列

凤凰涅槃

凤凰在烈火中翻腾
在惨烈痛苦中挣扎
她遇上了过不去的坎
必须毁去一切该毁的
只有烈火才能剥去生命中的多余成分
过去已经过去
现在必须重生
毁灭的任何一部分
都为了新生
新的生命和力量
在不断的自我毁灭中诞生

风　筝

飞高了
你的心醉了
但她离你远了

细细的线啊
还在你手里
她没有离开你的视线

低飞的风筝
不是风筝，
低飞的她
才是你的担忧。
高飞，她把你的心
一起放飞，
放飞了你和她的希望。

饭　碗

它永远伴随着你，
从未离开过你的视线，
在你的鼻子下，
在你的嘴唇边。
你每日都用双手
擦拭着它的全身。
从你来到这个世上，
直到你离开这个世界，
无论什么身份，
它永远是你最好的伙伴。

它就是饭碗。
人说民以食为天，
碗里装着人们的一日三餐，
碗里盛着家人团聚的温馨，
碗里盛着粒粒皆辛苦的劳动果实。

它的身上有时绣满了金边，

那象征着主人的身份。
谁的碗挨着谁的碗，
围着同一个锅灶，
那就是心连着心的同一族人。

有亲友请你吃饭，
是最珍贵的情谊。
有人往你碗里夹菜，
是情意。
一口菜就是一道光，
会穿越你的世界，
去照亮你的心房。
你用双手捧起它，
永远铭记在心田。

珍惜你的饭碗，
幸福就在眼前。

渡船

渡口，船夫划着小船，
把人反复送上彼岸，
风雨无阻，三百六十五天。
他单调的动作，
在两岸之间划了一生一世。
他无碑无传，
没有惊天动地，
只有小心翼翼。
春夏秋冬，
不辞辛劳，
在常人眼里理所当然，
就这样，每天把人渡来渡去。

上岸的人只管赶路，一路向前。

谁家没有摆渡人，
那就是你的父，
那就是你的母，

含辛茹苦，
把你的生命
从此岸送到人生的彼岸。

《故乡的回忆》油画系列

对郁金香的疑问

清晨阳光下，
郁金香流光溢彩，
穿上华丽的外衣，
与阳光共舞，
那是对太阳的回礼。

静夜一片漆黑，
郁金香，你在哪里？
你脱下了华丽的外衣，
换上素色的僧衣，
走进寂寞的夜里，
你是如何在黑暗里修炼？

等待太阳升起的时候，
你留下你诵经的声音。
可你为何又瞬间披上了华丽的外衣？

独自去游走

迈开你的双脚
独自去游走
只需几步
你就走到天涯海角的尽头

你孤自行走
没有任何目标
没有任何羁绊
没有方向
没有时间表
没有人要你怎样
心空空
脑空空
唯有心花
如晨曦中的花儿怒放
还有情不自禁的自我欣赏

都市晨曲

清晨

晨光被大厦剪成碎片

洒向人间

遍地开花

车流人流

都市的心跳声

从飞滚的车轮里传出

满载新一天的期望

从现在起将它织成现实

挥动双手

大厦跳起圆舞

大地放声唱赞歌

马路是挥舞的彩带

喧哗声里摇滚着人类的自我

世界将以新的姿态出现

我知道

从东方的第一缕曙光开始

我就打开油画箱

用心灵的画笔

饱蘸七彩阳光

在大地广袤的背景中

描绘起都市觉醒的早晨

《大鱼天地》油画系列

悼念著名摄影师于力一先生

题记：于先生是我在上海市美学学会结识的多年好友，他曾活跃在上海的摄影界，擅长拍摄专业肖像。不久前他骑车上街，在上海衡山公园附近遭遇车祸身亡。我悲痛万分，特此写下小诗一篇深表哀思。

他曾按下千百万次快门，
在百分之一秒的瞬间，
将各国耀眼明星和普通的百姓
凝聚在二维平面相片里。

这次可能是上帝按错了快门，
将行走在路上的他
定格在百分之一秒的瞬间。
百分之一秒时间的屏障，
让他与人们阴阳相隔，
只留下他最后的肖像，
他坚定安详善良。
亲友们最真诚的祝福
穿越了百分之一秒时间的屏障，
他一定听见了：

敬爱的朋友，一路走好！

《故乡的回忆》油画系列

悼念老师王流秋

他是一座高山，
我们仰望，
却望不到头。
他是一条大河，
我们叹之，
却远远找不到他的出口。
他是一部奇书，
那些精美的章节，
永远读不完，读不透……

电影《南征北战》海报

大禹的传说

小时候，听妈妈说
大禹曾从我家门口走过
妈妈指着门前的石板路说
那上面还留有大禹的脚印
妈妈说，天阴下雨的时候
那大大的脚印就会显灵
天真的我曾领着小伙伴们
在湿漉漉的青石板的花纹上
寻觅似有非有的大禹脚印
妈妈指着远方的山坳说
那是大禹劈山放水的途径
门口的那条大河
就是大禹和我的祖辈们挖出的
那山上高高的石壁
就是大禹劈山留下的痕迹
门前的石板路
就是用大禹劈山时留下的石块铺砌的
我家祖祖辈辈都住在这里

世代繁衍
望着门口的石板路
我似乎看到
大禹带领着我的祖先走在石板路上

我的故乡常遭遇洪灾
大禹用一生的精力
劈山引水终于创造奇迹

绍兴人为了纪念大禹
在我的故乡造起大禹陵
塑起像，立起碑

成年的我
带着孩子到这里
年年不忘
祭天，祭地，祭大禹
走在石板路上
还给孩子们讲大禹的传说

大铁鸟时代

万里长城，
千年的骄傲。
铁制的大鸟，
瞬间
就从两万米的高空
飞越了。
留下
它的叫声，
在长城的上空回荡。

谁还想
拿过去的神器，
作血肉的阻挡？
没有铁鸟的时代，
长城最好。
当大铁鸟飞过时，
过去的一切和地上的骄傲，
都证明那只是在地上。

大山前的沉思

车到大山前，
才证明我不是愚公。
我连想都不敢想，
为了一条直直的路，
祖祖辈辈都去移山。
绕道而行，
是我唯一的直路。

时间不能倒转，
如我出现在大山出现前，
那一定是畅通无阻。
我绕道到大山前，
也不能证明时间已经倒转。

对大山，
我只有仰望和尊敬
因为它强大无比
出现在我之前

我们的唯一不同
就是它岿然不动
我可绕道行驶

大海爱情

为大海的一片蔚蓝激动，
用双手
捧起一掬海水，
啊，多么透明洁净。
那激动人心的蓝色呢？！
——在你的手心里。

被爱情的浪漫击中，
用一生的辛劳
来淡泊你日日的苦涩，
啊，只是平淡无奇的日子。
那爱情的浪漫呢？！
——在你爱人的淡淡笑容里。

橱窗里的模特

按世人的审美，
将它精心装扮，
不惜工本，
超前，
哪怕眼花缭乱。

它是守责的典范，
无论是在七彩的霓虹灯下，
还是在漫漫长夜中，
它都忠于职守，毫无怨言，
对谁都一视同仁。
你什么时候看到过
它脸上有委屈的表情。
当时令已过，
主人将它大卸八块，
它脸上的表情不变，

仍然在微笑地注视着你。
它就是模特，
你能做到吗？

《墨鸡》水墨画

写在监狱大门前

——参观上海市青浦监狱有感

两扇黑色的大铁门，
一头通向天堂，
一头通向地狱。
每个经过这里的人，
总会留下一个刻骨的故事。

跌进地狱只是瞬间的事，
却要用一生去赎罪。
大铁门把自由截成两段，
一段留在门外，
一段留在遥远的明天。
进了铁门才体会到
“自由”二字是多么的珍贵。

时间不能倒流，
灵魂不能丢失。

在灵魂游荡的时间轴上，
你要赶紧刹车，
让人生的快车跟上社会的规则。

铁门里不再是花花世界，
但灵魂依然寄存在躯壳里。
口中念起善语，
念完一万遍再从头念起，
为什么不在跌倒前轻念一遍。

自古就存有这样一道门，
它强制人改变，
因为人的作孽而苦海无边。
与其让他人强制你改变，
还不如自己立马调头，
回头即是岸，
与铁门无缘。

蔡伦造纸

蔡伦造纸
从此改变了人类的认知
蔡伦用纸留住黑字
精妙大脑之花永不凋谢
能看见吗
蔡伦将五维度的大脑
映现成二维度的纸
蔡伦造的纸，如云
卷起人类所有的梦呓
蔡伦造的纸，如河
将人类一切认知融汇成智慧
从此
意识流进了大湖大海
汇集在知识的海洋——图书馆
从此
今天的人可与古代的人
在平面的维度里对话
从此

那么多的法律规范了人类的行为
那么多的历史用纸张记载了下来
那么多的狂想被释放到纸面上
那么多的创意规划着人类
那么多的人在纸面上成了思想者
千百万人的步调在纸面上统一
千百万人的生命靠纸张去书写

大山下布鱼的传说

大山脚下，
小木屋前，
窗口下的小姑娘，
手里拿着针线，
她灵巧的双手，
制作出一条条花布小鱼，
悬挂在窗上边。

有远方来的小青年，
看到那手艺，
感叹小鱼真是迷人。
不同的颜色的布被她
拼出神情各异的布鱼。
他摘下一条细看，
迷人！迷人！

亮晶晶的黑眼睛让人好喜欢。
翻过来一看，

少了一只眼睛，
让人黯然神伤。
他又取下两条，
每条都只有一只眼。
他问小姑娘：
为什么只长一只眼？
小姑娘笑着说：
那些画家笔下的鱼都能卖大钱，
也只画了一只眼，
不肯多画一个点。
还有，你看到的鱼，
不也只看到一只眼吗？
另一只让它留在我们大山前。

那小姑娘的智慧，
小青年能不买吗？

《大鱼天地》水墨画系列

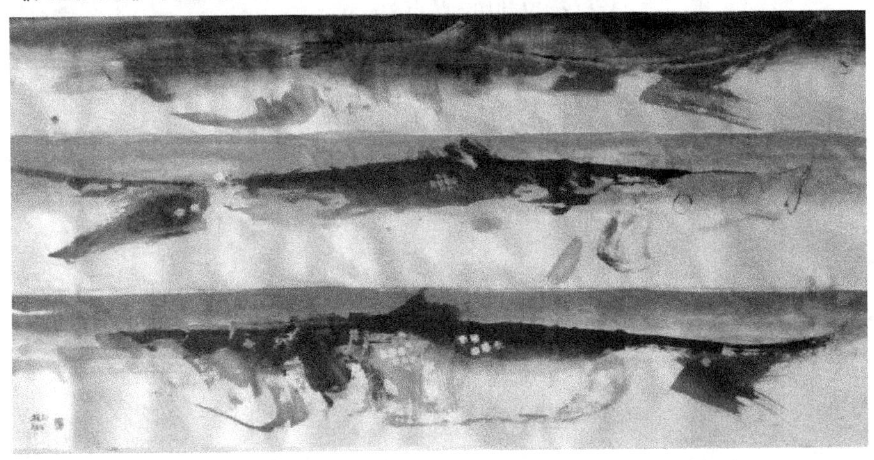

博物馆

博物馆
进去了两种人
——亡者和未亡人。

未亡人睁着双眼，
窥视着过去的一切，
寻找亡者的灵魂和历史的轨迹，
探寻物质中精神的内核，
追捧精神的圣典，
直指文明的起点。
在波浪式历史里追问：
哪里是历史最耀眼的亮点？
哪里有人类创新的新灵感？
哪里是祖祖辈辈值得骄傲的？

形形式式器物，
真假难辨。
嘈杂的争吵声中，

昏睡的先人得到彰显。
他们永世长存，
历史长河上游的人看不到下游的现代人
无法睁开眼，无法听到生者的争辩，
他们只是大自然的一部分，
一根绳的两端。
他们无法将历史重演，
重演他们的只有模拟的博物馆，
——未亡人，归宿的点。

博物馆，
是亡者在让历史重演，
抑或是未亡人在将历史重新排演？
探根、寻觅、修复、反思、疑问、复兴……
历史捆绑起所有的人，
让他们在争论中渐渐呈现。

《故乡的回忆》油画系列

泊岸的船

姑苏城外，
张继的客船，
只为听寒山寺的钟声，
泊岸停靠了许久。
船上，
载满了诗篇。

西湖断桥边，
有一艘游船，
停靠在湖岸。
湖水拍打着小船，
轻轻摇晃，杨柳拂面，
桃花开了又谢，
只为等白娘子和许仙。

泊岸的船，永不起航，
那还是船吗？
不必为等待而烦恼。

《盛开的鲜花》油画系列

玻璃楼

大厦
长着一张蓝色的玻璃皮，
与蓝天融在一起。

白天，
白云映在玻璃幕墙上，
慢慢飘动，
一朵接着一朵，
分不清
是飘在蓝色玻璃上，
还是飘在蓝色天空上。

夜晚，
大厦千万盏灯光，
与夜空里的繁星融在一起，
分不清
哪里是玻璃内，
哪里是玻璃外。

哪里是屋里的灯，
哪里是天上的星。

玻璃楼，天上人间，
千万个童话故事
在玻璃幕墙上上演。
如千百朵白云飘过，
瞬间又有另一场戏上演。

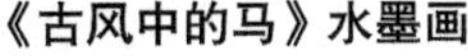
《古风中的马》水墨画

奔　驰

骑上它时，世界在你脚下。
随心所欲，奔驰的马忠诚听话。
马永远在你的胯下，
你觉得公平吗？

马需要有人骑它，
它的威风，
来自被人骑时的忘我。
奔驰的马，似旋风、闪电，
马和人融为一体，
马中有人，人中有马。

白　雪

又飞来
童年的片片白雪
当年黑发
已化作了白发苍苍
莫非是童年的雪
追到今朝我头上
白雪用它的纯洁和天真
悄悄在我耳边
讲着童年的故事
雪会化去春在前方
那白发化去时
我又在何方
它日雪会重来
我童年纯洁和天真的故事
还会重来吗

名山游

走近名山，
我肃然起敬。
我自豪，
我成了名山的一个点。

仰望名山：
烟雨中，
如水墨淋漓的墨宝。
晨曦中，
如翠绿欲滴的翡翠。
日光下，
如刚毅挺拔的雄剑。

有白云缭绕，
有悦耳莺歌，
有松林清流，
有明月清照，
有骚人隐居。

我把名山刻进心壁，
名山可曾记得我的足迹？
我欣赏名山，
名山可曾欣赏我？

欣赏即是收获，
何必一定要收藏名山。
名山，你能收藏吗？

《盛开的鲜花》油画系列

中秋的苏轼

古难全，
一句话，
把所有的月光写尽。

中秋，
苏轼
独自一人，
坐在寂寞的月亮下面，
古今中外在他心中翻转，
他还会寂寞吗？

月亮落进杯中酒，
光影成双人。
酒杯里注满了天地，
举杯举起了乾坤。
杯中诗，
渗透了浓烈的酒香，
与满月的银光共舞。

有酒有诗，
能独乐的又有几人？
那酒杯里盛着的诗篇，
灌醉了多少代后人？
寂寞出诗人。

难全也有全，
耐心等待，
苏大诗人，
总会等到中秋那一天，
总会等到月儿圆。
那酒，那诗，
陪你中秋月儿圆。
古难全，
定有全。

啊，我的老师

——忆葛维墨老师

这是一个真实的故事。

这首诗或许三十年以后才会传开，或许那时在艺术院校的考场上，有监考官为了表示庄严和公正，会穿上不带皱的洁白衬衫。酷爱艺术的文艺青年穿着定制的中式农装，旁若无人地念着这首诗中的诗句："啊，我的老师"，坚定地走进考场，以缓解考试的紧张，以祈祷一切顺利……

啊，我的老师
在那青涩的岁月里
我遇见了你

我揣着青春的梦想
去试敲一下
北京电影学院艺术殿堂的大门
有幸跌跌撞撞走进复试的考场
你如一幅庄严的肖像油画
一脸严肃
端坐在考场中央

高高的个子，瘦瘦长长
笔挺的脊梁
你，洁白衬衫上没有一丝皱纹
我，穿着一件灰色江南农装
那是母亲为我缝的衣裳
这是决定我命运的时刻
没有底气的我，真的会怯场
恨不得用橡皮擦去那幻想

瞬间，我想起报名时的景象
雷电交加，倾盆大雨
最后一天的最后几分钟里
我与师兄瑞刚跑进了上海报名点
听到你说：
“大雨晚下一点我早就走人收场了。”
啊，我的老师
上帝让我有幸遇见了你
从此我把命运交给了你

复试中
我被你问得脸红耳赤
你严肃的表情
多么想让我说出更多有用的理论
你不时地翻着我的考卷
我望着你瘦得如肖邦那样的手
细长细长的
它将会决定我的命运
我已经不抱多大的希望

啊，我的老师

我没有过高的天赋
紧张的考场，慌乱中的我把色彩考砸
你一声叹息
你从上海跑到杭州美校
查看每一个考生的学业
在我命运的天平上
你，用你的人格作出了决断
把胜利的砝码放在了我天平的这一端
啊，我的老师
你肖邦一样的美丽大手改变了我的命运

开学那天
我们第一次走进那教室
梦想成真
瘦弱矮小的我
坐在离你只有三尺的讲台边
望着你一脸的慈祥
你点着每个新生的名字
点到我时，我站起身来
应答声只有你和我才听得见
停顿中，你冲着我微微一笑
这笑容我记住了几十年
每次回忆总觉得那笑容里存着几分神秘
我的老师，你把我当成了童话中的丑小鸭
期望着振翅高飞的那一天
然而我只是一只丑小鸭

一生都没有飞上过蓝天

啊，我的老师
我愧对了你
如今你走了
如有来生，我还想当你的学生
如上帝恩准
五十年后，在世间某美院的考场上
有位身着不带皱的洁白衬衫监考官
对面坐着一个从大山走来
身着灰色农装的小个子
那监考官一定姓葛
那小个子一定姓金
啊，我的老师
愿梦想成真

葛维墨，教授，北京电影学院美术系主任，曾任中国美术家协会书记处常务书记。代表油画作品有《到祖国最需要的地方去》《风雨兼程》等，著作有《怎样画铅笔画》等。

《荷塘情趣》油画系列

静与动的对话

大树一生
伫立在小溪旁，
大树责怪小溪：
你只顾日夜奔流，
总是对我
不屑一顾。

小溪委屈地说：
我不是天天围着你吗？
那奔流的只是我的水，
水有干涸的那一天，
而我会永远陪着你。

小溪嗔怪道：
你高大伟岸的身躯，
从来都是向着天空，
从来都是那么的骄傲，

从不俯下身
给我一个礼节性的安慰。

大树说：
我脚下的根，
比我长千百倍，
如一张大网，
早已把你从头到脚
密密麻麻地紧紧围起来，
为了你的安全，
为你日夜守卫。

小溪，大树，
贴得那么近，
隔得那么远，
怪谁？

《故乡的回忆》油画系列

蜜蜂的自白

我很小，
我很脆弱，
但我很勤快。
每天忙着酿造
世上最诱人的蜂蜜。

我从不去找别人麻烦，
只为了别人开花结果，
整天做着媒婆的事，
飞来飞去。
没有我的日子，
这世上有多少种子
将失去繁衍后代的业绩。

无后为大，
我小蜜蜂身背大业，
敢担当！

木 马

木马，
几块木板拼接成神马。
谁也没有怀疑它是马。
假作真时真亦假，
骑马人在梦里，
有梦的人才骑马。
木马有梦吗？

老去，
木马还原成几块木柴，
或一堆炭灰。
骑马人比木马多了个追悼会，
化作云烟离家。

只将骑马人的梦境留下，
后人从头做起，
宁可真真假假。

秋　思

秋，
是时间的转折，
是时间拐弯的记号。
人，
你可要记得，
自秋的记号后，
一切都会拐弯。
黄叶是它的备忘录，
提醒你该收获的季节，
立马收获。
时间让你休息，
等待明年的轮回。
黄叶上画着时间的记号，
严寒风霜就在前方，
成熟的一片金黄大地，
会在萧瑟中，

充满了悲怆。

因为岁月在秋的日子里，

把一切都拐弯，将繁华冻藏，

秋将完成她壮美的最后乐章。

《大鱼天地》油画系列

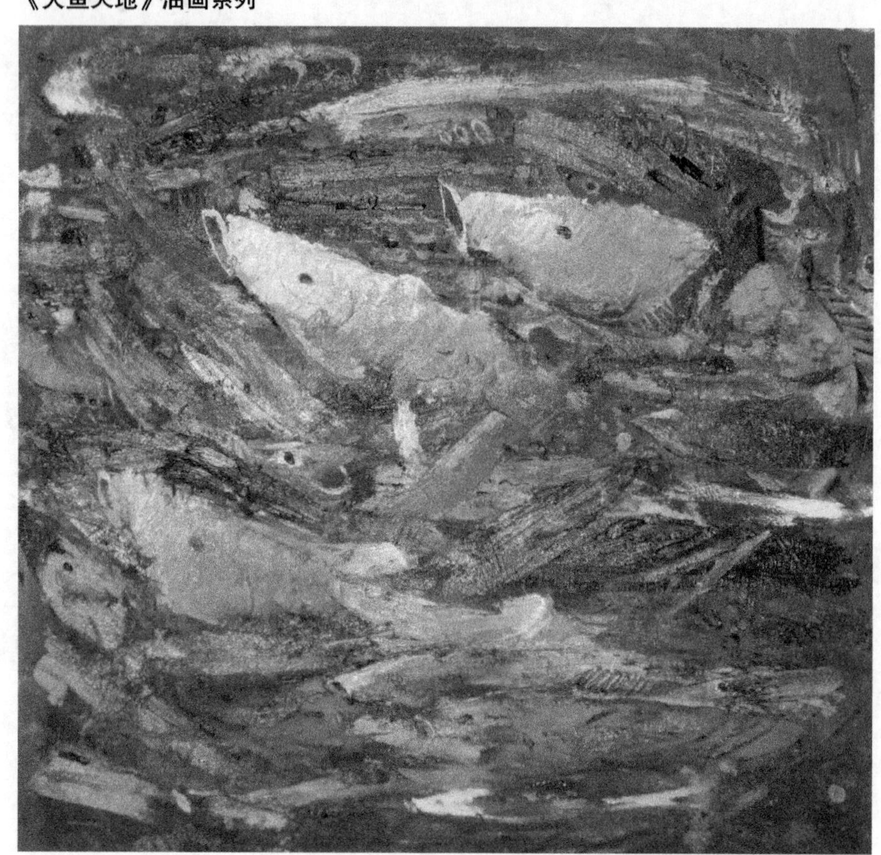

《诗经》里的荷

用我的暗色调，
轻轻呼唤
《诗经》上
沉睡着的芙蓉王！

优雅
无语的
她
从远古的
风里，
走过
时间长廊，
用惊讶的
眼神，
把我要说的心声，
通通打落洗尽。
在昨夜的
记忆里，

一片蒙蒙。

《诗经》里，
曾有许多
芙蓉王的
有趣记忆。

《荷塘情趣》油画系列

时间的感叹之一

你是上帝的
时间免费用户
时间，每时每刻
源源不断地不请自来
不用着急，也不必等待
该来的，它都会按时到来
带着上帝赐给你的一切

当你的时间用完时
时间将你的一切
从你身上带走
你的名字无条件地
从户口簿中擦去

朋友，请珍惜免费的每一刻

折 扇

是谁轻轻地一摇
能摇出一个清凉的世界
是一张能折叠的纸片
纸面上有文人的字画
折扇
摇曳中发出神奇的魅力
凉风中浸透了文人的气息
等你凉爽时
她却悄悄地藏进了两片竹签

打开
把一个清凉的世界送到你面前
对文人字画众说纷纭
折起
把清凉留在了世间
把偶像折进了折扇
比凉意更让人留恋的是
文人在扇面上留下的痕迹

致远古的神箭手

——追忆王树忱

一位神箭手
抵得上一万个无名箭手
在这场有关荣誉的大赛中
你又箭箭射中
桂冠将给你王者般的光荣

且慢
尊贵的冠军获得者
别这么早脱去你身上的盔甲
当你走上领奖台时
当你将奖杯高高举起时
当心，背后射来的冷箭……

窗的神秘

打开窗，
射进万道金光。
如一群鱼，
鲜活，跳跃，
冲进我的房。

满满一屋子阳光，
心中满是欢喜和甜蜜，
满是暖暖的幸福。
总想把满屋的金光，
永远留在我的房。

我像一个渔夫赶紧拉紧了网，
小心翼翼关闭了窗，
生怕惊动一丝一毫光。

关紧窗，
那一瞬间，

我惊问：
明明是一屋子的阳光，
怎么瞬间就逃得光光？

那一屋子的鱼呢？
那一屋子的光呢？
又在何方……

《故乡的回忆》油画系列

百代公司的小红楼

声音里包装着灵魂，
声音和灵魂同行。
收藏起声音也收藏了灵魂，
那小红楼包装起那么多的声音，
有灵魂永远在那里唱个不停。

音乐响起，上海人的心中，
有一个地方，永远也不会忘。
那里有一片绿荫，
绿荫中有一幢经典的小红楼，
在闪闪发着红光。

那小红楼，曾是施展魔法的地方，
它能把声音包装。
它用美丽的外壳，
把屋子里的声音密密捆绑，
生怕有一丝一毫的泄漏。
它用美丽的外壳，

把外界所有的声音严严阻挡，
生怕有一丝一毫的渗入。

那小红楼是施展魔法的地方，
走进去时还是一介平民，
走出来时已是名满天下的名人。
它把美丽的声音收藏，
收藏进一张张圆圆的碟片。
碟片会飞向全球，
带着会唱歌的人，
飞进地球的每一个有人的地方。

周璇、李香兰、姚莉、白光
三十年代是小红楼的黄金时代，
一夜成名的人很多很多，
把《夜上海》唱响东方。
斯人已逝去，
只有声音依旧在回荡，
还有那精致的小红楼，
那台阶，那阳台，那路灯，那长窗……

虽经风雪雨霜，
绿荫中百代公司的小红楼，
依然有人在唱歌……

梵高的椅子

梵高在孤独中为他的忠实朋友画了幅肖像
是长期在孤独中陪伴他苦撑下去的椅子
四根粗糙的木棍和几根横七竖八的木条
用松软麻绳绑的座椅已松动
它简陋不堪，粗糙陈旧
它斑驳脱落，毫无光泽
如一位历经日晒雨淋
漫长岁月的老农妇

它也有两只手，它也有两条腿
在那昏暗的灯光下
在那漫长的岁月里
它将两手着地，它将两脚着地
将苦行僧似的梵高背起
如一位年迈的母亲背起一个残疾的孩子
苦行在长满荊棘的人生路上

梵高坐在他的椅子上

颤抖的手在画布上画出一道道光亮
无助的梵高为他的忠实朋友画下了这幅肖像
一百多年后的今天
梵高的画早已创造了价值连城的奇迹
那椅子的肖像已是无价之宝
简陋有什么要紧
粗鄙有什么要紧
陈旧有什么要紧
柔弱有什么要紧
要紧的是生命中曾和谁在一起
要紧的是尽你所能
梵高的椅子，它曾托起一座山

《盛开的鲜花》油画系列

复制

昨天复制了今天
父亲复制了儿子
前步复制了后步
图书在印刷机上复制
汽车在流水线上复制
砖头在窑洞里复制
同一块瓦片复制了千千万万
连时间也在复制
昨天复制今天
今天复制明天
一年复制一年

没有复制这世界又会怎样呢

体验富人云集的小镇

你可曾听说
上海富人在昆山
你可曾听说
昆山富人在花桥
我独自游走在花桥大街上
寻觅富人留下的蛛丝马迹
街道还是普通的街道
商店还是普通的商店
行人还是普通的行人
车辆还是普通的车辆
一切依旧
一个普通的小镇
马路没有用金砖铺就
白墙上没有挂满钱的气息
商店里摆着普通的货物
行人们在忙忙碌碌地奔波创业
没有留下半点富人云集的痕迹
富而不显

如一阵清风从身边吹过
那便是富人的智慧
不留痕迹

《金鸡》水墨画

哥伦布

探险家哥伦布
听从女王的号令
带着一群男人
个个膀大腰圆
驾起百吨大船
驶向大海
远行
意志如铁坚定
他要在海上画一个圈
证明脚下的地球是圆形
完成他一生的使命

追着西沉的太阳
向西，向西，向西
在那遥远的西方
即是太阳升起的东方
到那里
水在船上

船在云上
人在天上
船会无风自行
天上仙女如云
金银财宝美酒佳肴
满世界耀眼金光
他战胜海风险浪
一块大陆挡住了他的视线
他惊呼自己已画完了一个圆
其实只画出了一半

上天不可能给人圆满
连哥伦布这样的大英雄都不例外
但他无意中发现了新大陆
这里
矿产丰富
物产富饶
金银充足
从此人类开辟了新纪元
他的探险精神
如黑夜中大海上明亮的灯塔
照亮了后世人
远远超越画一个圆圈的浮名
他把画圆功名还给了上帝
上帝把画圆的事业
又交给了麦哲伦

鸽子的信念

哪怕飞出地球
也会朝着一个目标飞翔
哪怕转了千万个方向
也会朝着一个目标飞翔
虽然途中经过无数山川胜景
也会不停地朝着一个目标飞翔

从出生的那天起
与生俱来的力量
——永远朝着一个目标飞翔
那目标就是它可爱的故乡
故乡
——生的信念、生的力量

故乡小桥

——父亲节，献给我的父亲

半个世纪前
我最后一次踏过这座小桥
是两千里路的无声告别
从此
那桥后的小村融进了记忆
流水隔断了所有童年的现实

今天
我害怕再踏上这座桥
小桥依旧，但我老了
尘世下覆盖着记忆中的宏伟精致
黝黑里透露出日晒雨淋的痕迹
石缝长满了密密的蒿草灌木
弯弯的桥身
我似乎又见到了我的老父亲
桥下流水就是他汗水和梦想的见证

他弓着背，弯着腰
我每天上学都要从小桥的背上踏过去
老父亲日日夜夜背着他一生的希冀

今天
我害怕再踏上这座瘦弱的小桥
生怕惊动长眠老父的英魂
梵高的椅子毕竟托起了梵高
那故乡小桥
我实在没勇气踏过它的背
去寻觅桥后小村的记忆

《故乡小桥》水墨画

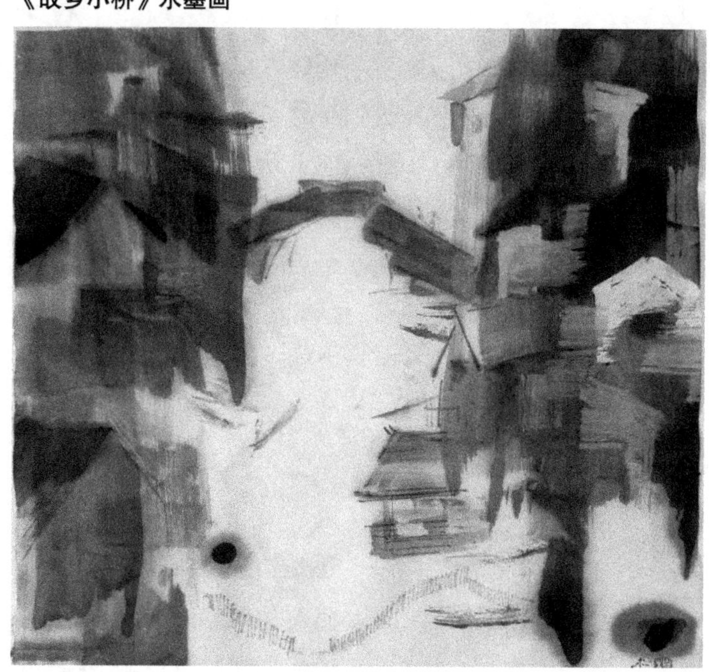

荷的穿越

荷
穿越了夏天。

荷
在秋天里
与秋紧紧拥抱。
向着秋
深情的
最后一吻。
从此
躲藏冬的残忍。

第二年，
夏
还是知道了：
荷对秋的
惊天动地的深情。
夏日，

荷
重新来到
夏的大家庭里成长。
夏没有怨恨荷偏心，
依然
哺育了荷。
盛开时，
把荷送进了秋的怀抱。

夏
望着远去的荷，
回忆着
满池荷
盛开的日子。

夏，满足了。

《大鱼天地》水墨画系列

花瓶与木马

花瓶坐上木马，
木马开始转动摇摆，
才轻轻一摇晃，
花瓶已落地，
满地开花。

小孩在那边说：
全碎啦，你再也回不了家。

孩子妈说：
不是骑马的料，千万别去骑马。

居士看到说：
他俩无缘在一起，
见面就会打架。

艺术家看到说：

这题材多好。

军人看到说：
兵贵神速。

经济学家看到说：
快乐的成本太大。

律师看到说：
花瓶负全责，
人证物证俱在。

木马说：
我已尽责了，
真想不到这么好看的东西
这么脆弱，经不起摔打。

《大鱼天地》水墨画系列

黄浦江

黄浦江水
涨涨落落
江中的鱼
一群又一群
来来去去
千年万年
岸上的人
一代又一代
匆匆又匆匆
嘈嘈杂杂

黄浦江的幸福感
写在
鱼的心间
人群的幸福感
却映在

黄浦江水面

江水里流着时间……

《荷塘情趣》水彩画

江南古镇

黛瓦千年
不褪色，
粉墙百世
不沾尘。
黑白包装起
整个小镇，
密密麻麻的直线横线，
如素描凝聚在白纸上，
画出精巧古镇。

小桥，
流水，
乌篷船，
船上村姑素面朝天。
那小船儿穿越这座圆洞小石桥，
用了千年。
那船上村姑依旧唱着
黑白简单的汉唐民谣，

一年又一年。
那岸上的人望着这远古小船，
一代又一代，
新奇的目光，
百看不厌……

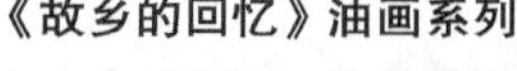
《故乡的回忆》油画系列

大师梅兰芳

上帝画了一个框
走进去一个他
出来时成了一个她
不知是谁变的魔法
群星撒落在她头上
化作满头的珍珠
脂粉如天边彩霞
是她脸上的笑容
霓裳上绣着
世间最精致的美
她舞动起这精致的美
旋转出世间最精致的风采
长长的红飘带
牵动中西世俗的尘埃
兰芳手握的宝剑
在框的空间里画出了时光隧道

一头通向远古
一头通向未来
她一滴似有非有的酒
醉倒了全世界的酒鬼
咿咿呀呀的男腔里
唱出比女人更柔的美
兰芳手中撒落的鲜花
在人世间永不凋谢

大幕再次徐徐拉开
舞台上演出的是五千年古今社会
“大师大师，你在哪里？”
你的千万粉丝
千万遍齐声呼喊你
大幕前的框说：
“他在最后一道幕里边
听，这咿咿呀呀的天籁之声
似男似女
似痴似醉
似真似假
似阴似阳
似柔似刚
似火似水
似远似近
似虚似实

似有非有……

只有梅兰芳才唱得出”

《大鱼天地》油画系列

纸　鹤

折上一千只纸鹤，
明知那只是玩意儿，
壮观，飞满天。
纸鹤上折不出羽毛，
只是幻想中它们在飞翔。

还有那石匠，
用了九牛之力刻了艘石舫，
明知它只是陈设，
只为生活，
劈去所有无用的石料。

用歌声唱出的歌词，
用笔墨画出的线条，
都在证明人类就喜欢：
实物投影下的幻想。

人类大脑的前方有眼睛，

大脑的后方只能靠想象，
前后构成了满足的世界，
从此纸鹤开始飞翔。

《山村远望》水彩画

致我童年的老师

——诗配画《我的老师和我的孩子》

在我的记忆里
您还是一位苗条的少女
而我已不再是当年的那个“小淘气”
时光过得真快啊
今天您又带领我的孩子
在知识的海洋中游弋

我淘气的孩子呀
在您的羽翼下
在您的黑板前
代替了我当年的“小淘气”
几十年过去了
您还是站在那块黑板前
您还是站在那三尺讲台前
千万遍地演算着那十个古老的阿拉伯数字
教学生们去探寻宇宙的奥秘

每个数字
如文明和尊严的甘霖
人类的智慧从这里得到启迪

精神的开拓者
灵魂的工程师
敬爱的老师
辛勤的园丁
永远不知疲倦地苦苦耕耘
尽管岁月染白了您的秀发
但在我的心目中
您永远是那样年轻
您永远是那样美丽
敬爱的老师啊
您用您的年轻和美丽
做了一代代人的梯
您的美丽我们怎么能忘记

《我的老师和我的孩子》油画

中秋，怀念阿炳

一把二胡
拉出了整个江南的
春夏秋冬

一生走街串巷
走过小镇的
历朝历代

一根竹竿
在石板小路上敲击
这根竹竿
陪伴了自己后半生

一顶破草帽
是前世东海飘悠的一片云
遮起一身褴褛

一曲《二泉映月》

醉倒了月娥

掉进了泉水中

《微风从这里吹过》水彩画

钟表里

钟表
分秒不差地在走
你如不是专家
千万别去打开它
它那内部的结构
齿轮发条弹簧游丝
一样都不能少
少了一样
钟表就会罢工
打开
你看到的只是复杂的结构
设计者的用意
更是无从探究
每件事物都是差不多的缘由
要看透一件事
请君看看钟表是怎么走

冰 雕

严寒里，

有人以一颗火热的心，

将一块巨大的冰，

雕刻成一座晶莹剔透的雕像。

她，无比坚强；

她，晶莹光亮；

她，折射出只有宇宙间才有的光芒；

她，让人宁可相信眼前的幻想；

也不愿回顾现实的物象；

她，用虚幻排斥了所有现实的物象。

当春天来临时，

一夜间化作一滩雪水，

从敬仰的目光中消失，

只留下一地的惋惜。

你我难道不是这样吗？
哦，那只是春的开始，
看着，看着，
春姑娘就要登场。

《乡间有条小路弯弯曲曲》水彩画

窗　口

房子的眼睛——窗口，
打开时，
你看到春夏秋冬、风花雪月；
关上时，
世界不再见到你，
你就是这个世界的一切。
人必须看这个世界，
知道自己的位置
和时间。

窗外远方，或许是你的希望，
那希望不停地修正着
你房子里的计划。
房子里的计划，
正孕育着窗外的明天。
每天打开窗时，
看到你的希望和你的计划，
如天鹅在空中飞翔。

车　站

站着，
等着，
期待车的到来。
为奔驰向前，
静候在坚守里，
此时正无中生有，
此时正有无相生，
蛰伏在生命的萌发前，
积聚着飞驰的下一刻。

是上帝的经验，
是人类才有的理智，
飞驰前要静候。
等待就是上帝叫你飞翔前必须做的准备，
静候就是飞翔中的一部分。

车子到了就闻风而动，
迈出双脚立马登车，

上帝只把车子开到你面前。
你想到车上也有危险，
稍一犹豫，
原先的努力都白费。
自古想飞翔的人，不顾一切；
不想飞的人，有翅膀也会退化成废物。
静候，只为想飞翔的人。

《屋后的幽静》水彩画

红蜻蜓

古罗马式的露天舞台，
灰绿色全景，
一只红蜻蜓徐徐飞来，
它要跳一支芭蕾舞。

它用最细的脚尖，
在镜子一般的水面，
在绿色的大地毯上，
在细细的小荷尖顶，
跳着诗意一般的舞蹈。
它无声，如花开；
它轻盈，如清风；
它无香，如真水。
仿佛万物都在欣赏它的精彩。

它不需要鲜花，
连掌声都会吓到它。
它的两只大眼睛

到处搜索展示自己才华的地方。
它绝不流俗，
在这个绿色世界里我行我素。
它知道所有的绿色都在向它挑战，
它是万绿丛中的一点红，
它与这个绿色世界对立，
对立让它与众不同。
它是个天生的演员，
没有必要与绿色同行。
水塘在它脚下，
蓝天在水面下，
它的天地是那么的大。

它是可爱的天使，
傍晚时，
它用它的红色把天边映红。
它独来独往，
可爱的天使，
它是真的不需要鲜花，
它是真的不需要掌声，
却绝不能让他人靠拢。

表演完后它飞向天空，
不知道归家的路是否在河东？

大厦的基石

它不威武
它不显摆
沉默
向下
再向下
为托起百层大厦
它坚固结实
延伸到漆黑的地下
无怨无悔地承担起一切
每秒钟里
无条件坚守岗位
在寂寞中
永无止境地沉默

大厦风光无限
又有谁为基石感叹
等它被压得吃不消时
大厦将岌岌可危

冰 山

亿万年严冬，
积聚起冰山，
洁白壮观巍峨威严，
垒起水的交响，
无处不胜寒。
它，在冰的世界里凝聚，
漫长的世纪后，
从冰的世界里
脱落，
像一块宇宙间最大的水晶宝石，
飘向大海。
那是一座用水晶雕刻的皇宫，
在大海里熠熠生辉，
漂向赤道。

冰山，庞大的身躯，
巍峨如珠穆朗玛峰，
圣洁如天仙。

谁都想一睹它的真容，
谁都敬畏它，
连靠近它都很难。
它是怎么形成的？
它是怎么分裂的？
又有谁能将它扭挡挽回？

它在大海里缓缓移动，
以至于你看不到它在漂泊。
远离了老家的它，正在慢慢融化回归。

它一旦融化，化成了一滩水，
无影无踪地流进了大海。
因为它离开了老家，
有一双看不见的手，
推动它有去无归。

冰山，只是时间扮演的庞大幻象，
为世人展示了虚幻。
那只是时间的影子，
消失在大海时才证明
时间与冰山互为表里的默契。
它，无形无色，
扮演着时间的代名字。

水的凝聚，回归大海，
周而复始地轮回，
轮回在周而复始的时间里，

一亿年和一秒钟
在宇宙中只是同一个意义：时间。

冰山，你将漂向何方？
冰山，又有谁能转移你的方向，
让你永远矗立在大海上，
让你成为一道永不消逝的
独特风光？

只要还有时间，
冰山就是冰山。

《静物》水彩画

外滩早晨六点的钟声

啊！朋友，你可曾听到过
外滩早晨六点的钟声？

每天外滩早晨六点，
海关大楼上的大钟会准时敲响，
钟声在黄浦江两岸的薄雾里回荡，
带着悦耳、雄伟、神秘、庄严，
从天而降。

在外滩早晨六点的钟声里，
也许他是位送快递的小伙，
他要快快发动他的摩的，
将一位外籍青年的快件，
带着第一滴晨露的红玫瑰，
在第一时间里
送给一位中国姑娘。

在外滩早晨六点的钟声里，

也许他是一位油画家，
正在江边打开画箱，
舞动激情燃烧的画笔，
把莫奈的日出印象
画进他的黄浦江，
梦想着有朝一日
能与莫奈的画展出在同一面墙。

在外滩早晨六点的钟声里，
也许他是擦洗大厦的清洁工，
今天他要为上海最高的大厦擦窗，
把最高一层的玻璃窗通通擦亮。
在摩天大厦顶端，
擦出他一生的骄傲。
他擦亮的玻璃窗的反光，
会把黄浦江全程照亮。

在外滩早晨六点的钟声里，
也许他是位抢救室的医生，
昨夜，他从死神手上
又抢回几条人命。
他自己已经筋疲力尽，
他和病人一起
又听到了新一天的钟声。
人世间难道还有比
救人命的事业更加神圣的吗？

在外滩早晨六点的钟声里，

也许他是位学者，
昨夜里他完成了一篇论文，
今天他向权威的国家级刊物投稿。
他深信，在这外滩早晨六点的钟声里，
总有一天会出一个
获诺贝尔奖的上海人。

在外滩早晨六点的钟声里，
千万人已早早在微信朋友圈里刷屏，
世间任何事情，
都逃不出上海人的眼睛。
有太多人向从未见过的人
献着真诚的爱心。

在外滩早晨六点的钟声里，
也许他们是一对白发苍苍的老人，
他们一生已听惯了
这每日重复的钟声。
他们在钟声里相遇，
他们在钟声里结婚生子，
钟声已经融进了他们的心灵。
儿媳都在奔忙，
只能和小孙子一起侧耳倾听。
赶紧为他准备早餐背上书包，
直到把他送进校园才放心。

在外滩早晨六点的钟声里，
也许他是昨夜刚从海外归来的赤子，

推开窗，视线第一次扫过黄浦江，
那如石林的摩天大厦，
那高耸入云的东方明珠。
他回忆起三十年前离开时的情景，
视线模糊了整条江和对岸的“石林”。

啊，外滩早晨六点的钟声，
它踏着时间精准的脚步，
没有人能拨快它一分钟，
没有人能让它少敲一个音。
在这极简的音节里，
它敲出最华丽的交响，
在风里雾里水里，
弥漫着多少上海人的风情。

朋友，
到上海一定要去听听
外滩早晨六点的钟声。
它悦耳、庄重、神圣、自信，
声声都会敲响你的灵魂。
那是上海又一道
只能用心灵感悟的风景。

海　边

她站在大海边，
在这里，她曾经
许下一个愿。
望着远方，
无垠的天空和无垠的大海
相交在海平线上。

海风
从海上吹来，
吹过点点的白帆，
吹动她的长发，
吹动她的衣裙。

那微微的波浪，
就是她的心潮；
那清凉的海风，
就是她的气息；
那望不到边的大海，

就是她的胸怀；
那海和天的交合处，
就是她理想的彼岸。
那大海说的话，
只有她才听得懂。
那里，
有她许下的一个愿。

到海边，
她来预约
未来的心愿。
长长的海平线就是她的琴弦，
她用真诚的心愿，
弹奏出最美的青春理想。

《三维与二维交错的静物》油画

江南小桥

一脚跨越东西两岸
坚实的方石
一层又一层
包起圆圆的桥洞
洞：空空空

万物之灵
从洞中缓缓穿行
有无相生
有神灵相通
桥的外层
又包起千年的脚步声
里圆外方
直通乾坤
万绿丛中
一切围住那个空空的洞
桥上桥下
尽在不言中

江南小桥千万座
散落在烟雨中
水墨淋漓
茫茫荷塘
渔舟晚钟
悠悠神曲
从桥洞那边传来
似与神灵
相通

《傍晚的雪景》水彩画

芦　苇

芦苇也老了，
一头发亮的白发
在秋风里飘摇，
疲惫地弯下了腰。
低着头，终日不语，
盼着神灵相助。

许多芦苇
聚在一起，
集体反思。

记忆中，
从它们破土的那天起，
从未有过
一寸移动，
碌碌无为，
直到临终。
这一天，总会到来，

谁也难逃命中注定。
它们在山脚下，
它们在河塘边，
它们在荒野里，
沉默，
沉思。
成片成片的
芦苇显示出
集体的庄严。

庄严
也无法挽回昨日。
软弱的芦苇呀，
也会在最后的岁月里
集体反思，
默默地诉说着
自己的尊严。

织　网

丝线
去寻找它的偶像，
是绿叶
在树上沙沙作响。

长长的丝线
绕在一起时，
只是一团乱麻。
看着绿叶，千万片，
在树枝上秩序井然。

梭，
把线穿结成网。
挂在水里的网，
终于与映在河里的树影拥抱。

重回白桦林

白桦林一片金黄，
挺拔的白色树干，
又粗又壮，
是小伙敞开的胸膛。

阳光穿过树林，
树下的两位老人
打着一把红色的伞，
扶着老伴
徐徐走近。
他们在秋天里
重游青春时的白桦林。

一个少年赶着一群羊，
领头羊脖子上的小铃铛
在林间发出断断续续的声音。
那小羊只管树下绿草如茵，
那少年只管小羊欢心，

举起的鞭儿轻轻。

那红伞下的两位老人，
在白桦林里触景生情，
重温当年的激情。

天空中有一群翱翔的大雁，
雁叫声在白桦林回荡。
它们的叫声代表了什么声音？
白桦林下，人们在经历着不同的梦境。

多年的白桦林，永远不变的心，
两位老人
重回白桦林，
阳光透过
曾经留下爱的心，
让他们重返年轻。

西子湖畔的新传说

——记原浙江美术学院校友会

五十年前
我把一个少年的命运交给了您
您用俄罗斯的线条和色块
古老的西湖传说
还有孔子、岳飞的故事哺育了我
临别时您再三嘱咐：
“不要忘掉童年的梦想。”

五十年来
我遵循您的嘱咐
不停地画着一张张画
画里有
西湖的传说
孔子、岳飞的故事
还有童年的梦想
尽管我知道人生是被命运推动的

而我用一张张的画打造成岳家军的铁甲
让我的命运之神坚强再坚强

五十年后
我背着行囊
带着一张张的画回到您身旁
打开我的画夹
敬爱的母校啊
在我的每一幅画背后
都写着一行赤红色的字——
“谢谢您，我的母校！”

夜晚时
有人发现我的背后似有红光
拉起我的上衣
看到我背上
刻着一行字——
“谢谢您，我的母校！”
在夜色里如萤光闪耀

《小溪丝语》水墨画

通向三味书屋的小桥

沉积亿万年的山岩，
化作了几吨大石条，
静静地躺在了小河上，
静静地等待，
只为一个十来岁的少年，
他每天踏过它们去上学堂。

小石桥，
不要桥栏，
不要雕刻，
不要装潢，
素面朝天，
在清晨的阳光下，
和着少年的脚步，
啪啪作响。
声音落进小河床，
流水万年长。
百年风尘，

走过多少人影，
只有那十来岁的鲁迅的脚印
永远刻在了小桥上。

大石条们，
千年等一回，
万年等一回，
只为十来岁的少年走过来。
最好的合作，
不一定要多么华丽，
多么风光，
只在对的时间里，
只在对的地方，
在那对的人身上，
那小桥成就了大文豪的风光。

万物皆有灵，
那一块块的大石条，
那最朴实的小石桥，
与那十来岁的少年，
相聚在小桥上。

《通向三味书屋的小桥》油画

不是因为

不是因为有乌云，
太阳就不再升起。
不是因为林子太大，
小鸟就不再歌唱。
不是因为牡丹太娇艳，
小白菊就不敢再开放。

不是因为现实太残酷，
人们就不再追梦。
不是因为人生有限，
就不去追求人生的荣耀。
不是因为每天忙碌，
就不去做应该做的事。
不是因为老眼昏花，
就可以不修边幅。
不是因为屡战屡败，
就可以失去制胜的勇气。
你想做的事情，

谁都挡不住。
你该做的事，
就在你脚下。
只要你敢俯身，
也可以撬动地球。
反败为胜的事，
常常会出现。

《最后的春雪》水彩画

杭州飞来峰

西湖边，
飞来峰
从天外飞来，
它泻下一湖水。
小溪
从山峰上流下。
来自天上的水，
带着青天流进西湖，
西湖天堂般美。

是老天为了
造一面镜子，
把地挖了一个坑，
这么多泥石飞到了
飞来峰。
坑里填满了飞来峰流下的水。

西湖是上天的镜子，

时时映现着上天的美。
西湖边的山，
西湖里的水，
歌谣里唱着：
上有天堂，
下有苏杭。

《大鱼天地》水彩画

古　书

纸黄了，
线老了，
厚厚的灰尘，
抹去了又堆起来。

一只手就可以将它撕去，
只一丢就可以将它毁掉，
但它的寿命比你我长了几辈。
黄纸下，
有人发出微弱的声音。
黑字里，
深藏着几代人的智慧。

能看懂它，便成了学问；
能用上它，就成了人才。
古书，尘埃下的古书，

它沉寂，远离喧嚣，
历朝历代，
连大人物也对它几分敬畏。

《中国年》油画

让春天来追赶你的脚步

你若心如莲花，
遥望前方，
秋冬远去，
春夏必至，
安然若素，
你已坐等第二年春的到来！

秋日的寒霜，
冬日的风雪，
只是春天必经的山路，
是春天在追赶你的脚步。
那风声雨声，
即是春天追赶你的脚步声。

我在春天里播种

种子从我的手上
滑进泥土，
连同我的心
一起向下，散落，
直达泥造的安乐之巢，
那是我心的归巢呀。

种子从我的手上
滑进泥土，
连同我的心。
春风吹来时，
种子会从泥巢里冒出芽来。
到秋天，
长出累累硕果。
那是我的心，
连同我的新生。

春风、种子、泥巢，
一双双勤劳的手，
一颗颗信赖的心，
都交给了黑黑的泥土。
我喃喃自语：
祝福你，种子，
你走向了新生。
种子说：
我本来就从泥土中来，
大地是我的信赖。
大地说：
我对所有的生命
一视同仁，
一切从我这里出生，
一切回归到我这里。
春风说：
快快准备，
我要唤醒一切生命。

泥土，慈悲的大地，
孕育出
无数的生命，
亿万年
不断轮回。

把心交给泥土，
那是播种的地方，
那是万物的归巢。
春风吹来的
不光是种子，
还有心，
都在复苏。

《盛开的鲜花》油画系列

与昙花对等

她的美丽
只在瞬间。
她用全部的精力，
在短短的时间里，
展现她的气节。

她让人们久久地等待，
等待她
怒放的纯洁；
等待她电击般
美丽的叹息；
等待她穿着洁白的裙子，
如仙女般飘过来。
看到她盛开的时侯，
一定有人
在真诚地守候，
守候她的每一个细节。

她用
全部的精力去开放，
你用
一生的诚意去等候。
对等的尊重，
才会有最美的相会。
对等的尊重，
她的身影
才会在你的期望里
合二为一；
她的芳香
才会融进你的呼吸。
对等的尊重，
你才会
在昙花盛开时，
看到最美的景色。

对等的尊重，
就是你
正在与昙花对等。

在有春风的日子里

在有春风的日子里，
你扬帆起航，
阳光和煦，
江面一片柔情蜜意。
告别此岸，
远方，那蓝天上写满了诗篇。

在有春风的日子里，
你扬帆起航，
告别昨天的幽怨。
沿途的风景，
会在春风里
吹净你的心底。

在有春风的日子里，
你扬帆起航，
木桨击水的声音，
就是你人生新的脚步声。
从此，你与水为邻，

画出新的人生轨迹。

在有春风的日子里，
你扬帆去远航，
祝福你！

附　录

柏松是我发小、挚友、同窗。十六岁那年，我们有幸步入国家美术殿堂的摇篮，坐科位于杭州的浙江美术学院附中，练就绘画、视觉童子功——素描与色彩。柏松的眼中所见、心中所思得益于此。朦胧的诗意萌发于西子湖畔的晨。后来，我到北京，与电影结缘。闯关东，品甘南。面对人生竞争中的欢乐，总是怀着孩子般的纯真与无穷无尽的暇想和渴望，探究艺术的真谛。柏松是画家，亦是诗人，以诗入画，以画作诗。他的画作根基深厚，笔重彩酣，不羁于法度藩篱的桎梏。他的诗蕴含着文哲史思维中的创造潜力，唱和蒙太奇的节律，是情感活动中的一股勃勃的朝气，是人生春色深处的一缕东风。他以最质朴的语境娓娓道来，授人以美好、希望、欢欣、勇气和力量，温馨动听，让人迷醉。

（著名影视美术家、画家，北京电影制片厂一级美术师　邵瑞刚）

金老弟的诗作，今年始有接触，读了一首又一首，深感才情横溢，了不得。金老弟不只是画中有诗情，诗中更有画意。金老弟之诗，都勾画了清晰可见的人，是真人，是活人，是可见、可感、可亲之人！

（北京电影制片厂资深美术师　魏　风）

南征北战宣传英雄儿女，
跋山涉水油画壮丽山河。

（网络诗人　袁开勇）

诗有情，画有意。

（动漫研究专家、大学教师　李保传）

诗中有画，画中有诗。

（国家一级编剧、动画片《葫芦娃》剧作者　姚忠礼）

金柏松师弟是个很有想象力、很有才气、很勤奋刻苦的画画得很棒的画家，还是个感情细腻、丰富的诗人。金柏松热爱生活，酷爱自己的绘画艺术。他在不断地探索，不断地追求，不断地创新，不为功名左右，不为利益熏心，具有一个真正艺术家高尚的心灵。我欣赏他画的鱼、荷花，他的人物素描等等。我喜欢他写的诗，他的诗是真实情感的流露，一草一木、一句一词都充满激情，充满生活气息，能让你感受到他是那么热爱自己的家乡，热爱大好河山。我祝愿师弟创作出更多好的诗和画！

（中国煤矿文工团影视部创作干部、国家二级编导，
北京电影学院表演系毕业，金柏松的师姐　孙秀樱）

海派画家尽得江南才子风情。

（《解放日报》资深记者　陈云芳）

金柏松先生是油画大家。他是性情中人，有一颗赤子之心，常有嬉笑，却无怒骂。几十年来，他始终不改初心，不慕功利，不计得失，知足常乐，以追求艺术的进步为最高境界，可谓德艺双馨。他还常常通过写诗来提高自我人文修养，是油画家中的诗人。

（中国经济体制改革研究会产业改革与企业发展委员会研究部副主任，
上海周慧珺书法艺术基金会党支部书记　冯学泽）

他用天真、纯粹而又永葆热情的眼睛，去捕捉岁月里短暂而跳动着的瞬间，把对生命的崇敬和永不衰竭的热情淋漓尽致地挥洒于文字里。

时而如临滔滔江水，雄伟磅礴；时而如遇涓涓细流，就那么一点一滴地淌进你的心里……

（北京学者　刘　鑫）

金老师，您的作品非常鼓舞人心，以后还要多跟您学习。

（蔚蓝海岸集团首席执行官　王佳佳）

在金柏松的诗里，我读到了他的纯真和他的赤子情怀，因为他活在他的诗情画意里，他是他自己生命的一首诗。

（贵州籍诗人、画家　李　勇）

致绍兴名人：

绍兴的水是哺育人民的乳汁，而名人则当酒喝……

绍兴的酒是滋补人民的琼浆，而名人则当水喝……

好友阿松要用琼浆与天空的颜色相溶，再现圣地尊容——史 × 恭候佳作。

（中国电视片导演，有成名作《鲁迅》和代表作《子夜》《西行漫记》等　史践凡）

他有诗人的才华，更有山一样的坚实。他是名画家，却一点点累积，最后也在诗歌领域成就了他作为诗人的名声。

（首都师范大学资深教授　易晓明）

真善美平凡人做平凡事，

诗书画寻常笔结寻常缘。

（上海闻道园艺术总监、上海双平慈善基金会秘书长　刘登成）

热烈祝贺恩师金柏松先生的诗歌集成功出版！望先生永葆一颗童心！

（中国炎黄画院秘书长　钟景豪）